絶望鬼ごっこ

だれもいない地獄島

針とら・作
みもり・絵

集英社みらい文庫

桜《さくら》ケ《が》島《じま》小《しょう》学《がっ》校《こう》の生徒《せいと》たち

6年《ねん》2組《くみ》

宮原《みやはら》 葵《あおい》

学年一《がくねんいち》の秀才《しゅうさい》でしっかり者《もの》。おせっかいでおてんばだが、密《ひそ》かに男子《だんし》から人気《にんき》。

大場《おおば》大翔《ひろと》

正義感《せいぎかん》が強《つよ》く、友達想《ともだちおも》い。ふだんは母親《ははおや》と妹《いもうと》と3人《にん》で暮《く》らしている。

桜井《さくらい》 悠《ゆう》

大翔《ひろと》の幼《おさな》なじみで親友《しんゆう》。小《こ》柄《がら》でマイペース。運動《うんどう》は苦《にが》手《て》だけど、ゲームは得意《とくい》。

6年《ねん》1組《くみ》

本田小夜子《ほんださよこ》

離島《りとう》で出会《であ》った小学《しょうがく》6年生《ねんせい》。幼《おさな》いころから病気《びょうき》がちで、ひとりしか友達《ともだち》がいなかったというさみしそうな女《おんな》の子《こ》。

伊藤孝司《いとうこうじ》

読書好《どくしょず》きでふだんはおとなしい性格《せいかく》だが、やるときはやる男子《だんし》。和也《かずや》と仲《なか》よし。

金谷章吾《かなやしょうご》

学年一運動神経《がくねんいちうんどうしんけい》がよく、頭《あたま》もいい。大人《おとな》びていて、いつもクールにまわりを見《み》ている。

関本和也《せきもとかずや》

クラスのムードメーカー。お調子者《ちょうしもの》でハメをはずしてよく怒《おこ》られる。孝司《こうじ》と仲《なか》よし。

ねん　くみ　なまえ

鬼《おに》ヶ《が》島《しま》へようこそ

“鬼《おに》ごっこのルール”

ルール① 子供《こども》は、鬼《おに》から逃《に》げなければならない。

ルール② 鬼《おに》は、子供《こども》を捕《つか》まえなければならない。

ルール③ 子供《こども》は、島《しま》を脱出《だっしゅつ》すれば勝《か》ち。

ルール④ 鬼《おに》に捕《つか》まった子供《こども》は、

地獄《じごく》行《い》き

ひとりぼっちの女《おんな》の子《こ》

「ママ、パパ……」

そこは、小《ちい》さな無人島《むじんとう》だった。

寄《よ》せては返《かえ》す波《なみ》の音《おと》がひびく、どこまでもひろがった砂浜《すなはま》。

背《せ》の高《たか》い木々《きぎ》がうっそうと生《お》い茂《しげ》り、陽《ひ》の光《ひかり》を遮《さえぎ》る密林《みつりん》。

人《ひと》の手《て》のおよばない自然《しぜん》のなかで、鳥《とり》や、魚《さかな》や、昆虫《こんちゅう》や……無数《むすう》の生《い》き物《もの》たちが動《うご》きまわっている。

「ママぁ、パパぁ……。会《あ》いたいよぉ……」

その島《しま》に、たった1人《ひとり》、女《おんな》の子《こ》がいた。

小学校《しょうがっこう》の高学年《こうがくねん》くらいだろう。地面《じめん》にへたりこみ、しゃくりあげている。もうどれくらい泣《な》きつづけているのか、顔《かお》に涙《なみだ》が跡《あと》になっていた。

女《おんな》の子《こ》の脇《わき》の地面《じめん》には、古《ふる》びた立《た》て看板《かんばん》があった。

もうずいぶん昔《むかし》に立《た》てられたものらしく、書《か》かれた文字《もじ》はあちこちはげて、かすれている。

『鬼《おに》ごっこのルール
ルール①：子供《こども》は、鬼《おに》から逃《に》げなければならない。
ルール②：鬼《おに》は、子供《こども》を捕《つか》まえなければならない。
ルール③：子供《こども》は、島《しま》を脱出《だっしゅつ》すれば勝《か》ち。
ルール④：鬼《おに》に捕《つか》まった子供《こども》は、☠地獄《じごく》行《い》き☠』

「だれか、助《たす》けてぇ……。ママ、パパ、だれかぁ……」

女《おんな》の子《こ》はもうずっと、1人《ひとり》ぼっちだった。

気《き》が遠《とお》くなるほどの時間《じかん》を、たった1人《ひとり》で、鬼《おに》から逃《に》げまわっている。

捕《つか》まってしまったら、『地獄《じごく》』行《い》き。

お父《とう》さんとお母《かあ》さんと、二度《にど》と会《あ》えなくなってしまう。必死《ひっし》で逃《に》げた。でも、もう限界《げんかい》だ。


「ひろくん……」

血《ち》のように真《ま》っ赤《か》に染《そ》まった空《そら》を見《み》あげて、女《おんな》の子《こ》はつぶやいた。

「助《たす》けて……。ひろくん……」

女《おんな》の子《こ》はまた、ぽろぽろと泣《な》きはじめた。泣《な》きながら、その名《な》を呼《よ》んだ。

「ひろくん……。ひろくーん……っ!」

さけぶ声《こえ》は空《そら》にすいこまれ、風《かぜ》に乗《の》って流《なが》れていって……ある男《おとこ》の子《こ》の耳《みみ》にとどいた。

1 南《みなみ》の島《しま》バカンス！

1

ふと、だれかに呼《よ》びかけられたような気《き》がして、大場《おおば》大翔《ひろと》はにらみつけていた海面《かいめん》から顔《かお》をあげた。

一面《いちめん》の海《うみ》の青《あお》が、目《め》に飛《と》びこんだ。

打《う》ち寄《よ》せる波《なみ》が岩《いわ》にあたって、ザブンと水《みず》しぶきをあげている。

……だれもいない。

大翔《ひろと》は釣《つ》り糸《いと》を垂《た》らしたまま、海《うみ》のむこうをながめた。

沖《おき》のほう、藻《も》の茂《しげ》った岩《いわ》のかたまりのさらにむこうに……島《しま》があるのが見《み》えた。緑《みどり》にかこまれた、小《ちい》さな島《しま》だった。

声《こえ》は、その島《しま》のほうから聞《き》こえてきたような気《き》がした。

大翔《ひろと》と同《おな》じくらい……小学生《しょうがくせい》の女《おんな》の子《こ》の声《こえ》だったと思《おも》う。

泣《な》いているみたいだった。助《たす》けを求《もと》めて、泣《な》いている。大翔《ひろと》の名前《なまえ》を呼《よ》んで。

(……気《き》のせい、だよな?)

大翔《ひろと》は島《しま》のほうを見《み》つめたまま、ぱちぱちと目《め》をまたたいた。

島《しま》は、ここからかなりはなれている。声《こえ》が聞《き》こえるわけがない。

なにより、ここは旅行先《りょこうさき》。大翔《ひろと》の自宅《じたく》のマンションや小学校《しょうがっこう》から、何百《なんびゃっ》キロも遠《とお》くはなれた土地《とち》なのだ。大翔《ひろと》のことを知《し》っている子《こ》が、いるわけがないじゃないか。

(……気《き》を散《ち》らしてる場合《ばあい》じゃないぞ。大物《おおもの》、釣《つ》りあげなくちゃ)

大翔《ひろと》は気《き》をとりなおして、また海面《かいめん》をにらみつけた。

防波堤《ぼうはてい》に座《すわ》りこんだまま、釣《つ》り竿《ざお》をかまえなおし、波《なみ》にうかんだウキに集中《しゅうちゅう》する。

太陽《たいよう》の光《ひかり》がてりつけてくる。ぬれそぼっていた髪《かみ》も水着《みずぎ》も、あっという間《ま》に乾《かわ》いてしまった。釣《つ》りをしてるのに、自分《じぶん》が焼《や》き魚《ざかな》になった気分《きぶん》だ。

「ねえ、ヒロトー、金谷《かなや》くんー。いい加減勝負《かげんしょうぶ》は終《お》わりにして、こっちで一緒《いっしょ》に遊《あそ》ぼうよぉー！」

浜辺《はまべ》のむこうから、桜井悠《さくらいゆう》が呼《よ》びかけた。

波打《なみう》ち際《ぎわ》で直立《ちょくりつ》に立《た》ったまま、ぶんぶんと手《て》をふっている。

悠《ゆう》はさっきからずっと、およぎもせずに、あそこに棒立《ぼうだ》ちになっているのだ。

「……一緒《いっしょ》に遊《あそ》ぶって、悠《ゆう》、さっきからぜんぜん遊《あそ》んでないじゃない」

悠《ゆう》の脇《わき》に座《すわ》っていた宮原葵《みやはらあおい》が、砂《すな》をかき集《あつ》めながらボソリといった。

「いや、ぼく、ずっと遊《あそ》んでるよ？」

「なにして？」

「〝打《う》ち寄《よ》せる波《なみ》に、いつまで一歩《いっぽ》もゆらがずに、その場《ば》に立《た》っていられるかゲーム〟！」

悠《ゆう》は直立《ちょくりつ》に立《た》ったまま、えへん！　と自慢《じまん》げに胸《むね》をはってみせた。

「ぼく、もう30分《ぷん》も、ここから一歩《いっぽ》も動《うご》いてないんだよ！　すごいでしょ。ふっふっふ！」

「……よくわからないけど、人生《じんせい》の価値《かち》ある30分《ぷん》をムダにすごしたっていってる？」

葵《あおい》はしらーっとしている。

桜井悠《さくらいゆう》と宮原葵《みやはらあおい》。大翔《ひろと》の幼《おさな》なじみで、友《とも》だちだ。

葵《あおい》は、さっきから浜辺《はまべ》に砂《すな》の城《しろ》とか塔《とう》とかを作《つく》ってはこわし、作《つく》ってはこわし……なんだかつまらなそうにしている。せっかく、海《うみ》にきたってのに。

「ねえ、ヒロトー、金谷《かなや》くんー！　勝負《しょうぶ》とか、もう、いいじゃんかぁー。こっちきてよぉー」

「……ほんと、もうすぐ中学生《ちゅうがくせい》だっていうのに、子供《こども》っぽいのよね。あたしのまわりは」

悠《ゆう》が呼《よ》びかける脇《わき》で、葵《あおい》はぶつぶついいつつ、建《た》てた城《しろ》に海水《かいすい》を流《なが》しこんで崩壊《ほうかい》させる。

「ねえ、2人《ふたり》ともー。なんか、アオイがさっきから機嫌悪《きげんわる》いんだよぉー。助《たす》けてよぉー」

「べっつにー。機嫌悪《きげんわる》くありませんー。ただ、せっかく女《おんな》の子《こ》が水着《みずぎ》でおしゃれしたんだから、一言《ひとこと》くらい男子《だんし》からコメントがあってもよかったよなーとか思《おも》ってるだけで、まさか、なんの反応《はんのう》もなくクロール対決《たいけつ》！　とか釣《つ》り対決《たいけつ》！　とか遊《あそ》びはじめるなんてことはないよなーって思《おも》ってただけで………べつに機嫌悪《きげんわる》くありませんー」

「ほらぁ！　アオイめちゃくちゃ機嫌悪《きげんわる》いよぉー！　ぼくにばっか押《お》しつけてないで、

2人《ふたり》とも一緒《いっしょ》に機嫌《きげん》とってよぉー！」

悠《ゆう》はおろおろとこまっている。女子《じょし》の機嫌《きげん》って、ほんと、謎《なぞ》ですな。よくわかんないから、まかせた、悠《ゆう》！

「……たしかに、そろそろ終《お》わりにしようぜ。釣《つ》り対決《たいけつ》」

と、防波堤《ぼうはてい》のむこう側《がわ》に座《すわ》りこんでいた金谷章吾《かなやしょうご》が、ふりむいて声《こえ》をかけた。

「なんだよ、章吾《しょうご》。あきらめんのか？」

勝負《しょうぶ》を開始《かいし》して30分《ぷん》。章吾《しょうご》の脇《わき》のバケツは、まだ空《から》っぽだ。

「釣《つ》り、はじめてだっていってたもんな」

「ああ、思《おも》ったよりむずかしい」

「いくらおまえが天才《てんさい》だからって、そう簡単《かんたん》にはいかねーってこと。運動神経《うんどうしんけい》だけじゃない、カンや運《うん》も必要《ひつよう》だからな。おれは、ちょくちょく川釣《かわづ》りとかいくから、なれてるけどさ」

大翔《ひろと》は、へへんと胸《むね》をはってみせた。釣《つ》りは得意《とくい》なのだ。いくら相手《あいて》が章吾《しょうご》だからって、初心者相手《しょしんしゃあいて》に負《ま》けやしない。

大翔《ひろと》の見《み》おろしていたウキが、すうっと海中《かいちゅう》へひっこんだ。

大翔《ひろと》はゆっくりと糸《いと》を巻《ま》きながら、釣《つ》り竿《ざお》をひきあげた。

小《ちい》さなシーバスが1匹《ぴき》、エサに食《く》いついてぴちぴちと跳《は》ねている。タモですくい、丁寧《ていねい》に針《はり》をとってバケツにいれる。

「へへっ。おれの戦果《せんか》は2匹《ひき》だぜ！」

大翔《ひろと》は得意顔《とくいがお》で、バケツを章吾《しょうご》に突《つ》きだした。なかでは小《ちい》さな魚《さかな》が2匹《ひき》、くるくるとおよぎまわっている。

章吾《しょうご》はバケツをのぞきこみ、やれやれ、と肩《かた》をおとした。

「負《ま》けたぜ、ちくしょう」

「これで1勝《しょう》、返《かえ》したぜ」

大翔《ひろと》はガッツポーズをとった。やったぜ。岩礁《がんしょう》へのクロール対決《たいけつ》も、どれだけ長《なが》く潜《もぐ》っていられるかの潜水対決《せんすいたいけつ》も、大翔《ひろと》の完敗《かんぱい》だったのだ。

金谷章吾《かなやしょうご》は、大翔《ひろと》の宿命《しゅくめい》のライバルなのだ。運動《うんどう》も勉強《べんきょう》もゲームもなんでもこなし、すずしい顔《かお》して勝《か》ちを持《も》っていく。日《ひ》ごろからいろいろ勝負《しょうぶ》しているが、ほとんど大翔《ひろと》の負《ま》けだった。え？　それもうライバルになってないって？　う、うるせーな。

（ふっふっふ！　ついに章吾《しょうご》に勝《か》てる分野《ぶんや》を見《み》つけたぜ！　勝利《しょうり》っていいなぁ……！）

ようやく勝《か》ちとった勝利《しょうり》を、大翔《ひろと》はじーんとかみしめる。……だって、ほんと、負《ま》けつづきだったんだもん。

「……完敗《かんぱい》だぜ。ちくしょう」

よろこびをかみしめる大翔《ひろと》の脇《わき》で、章吾《しょうご》は悔《くや》しげに頭《あたま》をかいている。

「……2匹《ひき》も釣《つ》るとはな。俺《おれ》は、1匹《ぴき》しか、釣《つ》れなかったからな……」

「お、なんだ、1匹《ぴき》は釣《つ》れたの？　……ああ、おれがトイレいってるときか」

「ああ。なんとか釣《つ》りあげた。でも、1匹《ぴき》だけだ」

「いや、はじめてにしては、すげーんじゃないかな？　よくやったよ。さすが。うんうん」

大翔《ひろと》はうなずきながら、ぽんぽんと章吾《しょうご》の肩《かた》をたたいた。勝者《しょうしゃ》のヨユーってやつ。章吾《しょうご》のバケツを、ひょいとのぞきこんだ。

「……なんもはいってねえじゃん」

「バケツには、はいらなかったんだよ」

「え、はいらなかったって？」

大翔《ひろと》は首《くび》をかしげた。

「どういう意味《いみ》……？」

「しかたねーから、あそこにいれといたんだが」

と、章吾《しょうご》は防波堤《ぼうはてい》の先《さき》のほうを指《ゆび》さした。

ビニールボートがおかれている。さっき、悠《ゆう》が乗《の》って海《うみ》へ漕《こ》ぎだし、見事《みごと》に転覆《てんぷく》して溺《おぼ》れてたやつ。子供《こども》なら、2、3人《にん》は乗《の》れるサイズだ。

大翔《ひろと》はのぞきこんだ。

海水《かいすい》をいれられたビニールボートのなかで、魚《さかな》が1匹《ぴき》、窮屈《きゅうくつ》そうにおよいでいた。

……でかい。

一《ひと》かかえもある。

大人《おとな》の熟練《じゅくれん》の釣《つ》り人《びと》だって、釣《つ》りあげたら大《おお》よろこびで魚拓《ぎょたく》をとるレベル。

……大翔《ひろと》の釣《つ》りあげた魚《さかな》なんて、これとくらべたら、完全《かんぜん》に米粒《こめつぶ》だ。

「…………」

「おまえは2匹《ひき》で、俺《おれ》は1匹《ぴき》」

章吾《しょうご》は、ぼーぜんとする大翔《ひろと》の肩《かた》をぽんぽんとたたいて、にやりと笑《わら》った。

「おまえの勝《か》ちだ。さすが。うんうん」

(こ、こいつ〰〰〰……!)

口笛吹《くちぶえふ》きながら、すずしい顔《かお》で片《かた》づけをはじめたライバル。

うらめしげに見《み》やり、大翔《ひろと》はがっくりと肩《かた》をおとした。

(くっそぉー! いつかぜったい、勝《か》つからな! バカヤロぉー!)

日本列島《にほんれっとう》。その太平洋《たいへいよう》にうかぶ、七里島《しちりじま》。その浜辺《はまべ》。

どこまでもひろがった海《うみ》を見《み》やりながら、大翔《ひろと》は固《かた》く決心《けっしん》した。

＊＊＊

どうしてこんな島《しま》へくることになったのかというと、話《はなし》は一週間前《いっしゅうかんまえ》へさかのぼる。

旅行《りょこう》は、大翔《ひろと》の母《かあ》さんの鶴《つる》の一声《ひとこえ》できまった。

「もう、毎日《まいにち》ごろごろするか、ゲームしてばっかり。田舎《いなか》のおじいちゃんのところにでも、いってらっしゃいよ」

夏休《なつやす》み。なつやすみ。さまーばけーしょん。

大翔《ひろと》はおおかたの子《こ》たちと同《おな》じく、ごろごろ、だらだら、とすごしていた。だって暑《あつ》いんだもん。

『特《とく》になにもない1日《にち》だった』がならんだ大翔《ひろと》の日記帳《にっきちょう》をめくりながら、母《かあ》さんは「一生《いっしょう》に一度《いちど》の子供《こども》の夏《なつ》の一時《ひととき》を、有意義《ゆういぎ》にすごさせねばならぬ」という使命感《しめいかん》に目覚《めざ》めてしまったらしい。大翔《ひろと》に勧《すす》めた。

「前《まえ》、話《はな》したことあるでしょ？　おじいちゃんは、七里島《しちりじま》って離島《りとう》に住《す》んでるんだって。お母《かあ》さんは仕事《しごと》でいけないけど、そろそろ子供《こども》だけでの長旅《ながたび》もできる年《とし》だものね」

これくらいの時期《じき》にいろんな経験《けいけん》をさせておいたほうが、ためにもなるしね……と母《かあ》さんはつけくわえた。母《かあ》さんはいつも、「子供《こども》がしっかりした大人《おとな》に育《そだ》つように」と考《かんが》えている。大翔《ひろと》は「なるようにしか育《そだ》たないと思《おも》うけど」という考《かんが》えだけど、いわない程度《ていど》には大人《おとな》なのだ。

七里島《しちりじま》は、大翔《ひろと》たちが住《す》んでいる街《まち》から、遠《とお》くはなれている。何時間《なんじかん》も電車《でんしゃ》を乗《の》り継《つ》ぎ、フェリーにゆられていくらしい。

「おじいちゃん、1人暮《ひとりぐ》らしでさびしくしてるだろうし、孫《まご》の顔《かお》を見《み》たらよろこぶわ。友《とも》だちさそって、いってらっしゃいよ」

親《おや》たち抜《ぬ》きで、友《とも》だちと泊《と》まりがけの旅行《りょこう》……とくれば、当然大賛成《とうぜんだいさんせい》だった。悠《ゆう》と葵《あおい》に話《はなし》をすると、一《いち》も二《に》もなく、いく！　となった。

章吾《しょうご》ものってきたので、大翔《ひろと》は電話口《でんわぐち》で、ほんとか？　と訊《き》きかえした。

「なんだよ、そっちからさそったんだろ？」

「いや、章吾《しょうご》はぜったい、〝おまえらの遊《あそ》びにつきあってるほど、俺《おれ》はヒマじゃないんだ〟とかいうんじゃないかって、みんなで話《はな》してたし」

「おまえら、俺《おれ》をなんだと思《おも》ってるんだ……」

「〝孤高《ここう》の天才《てんさい》〟だしな」

章吾《しょうご》は電話口《でんわぐち》でため息《いき》を吐《つ》いた。

〝孤高《ここう》の天才《てんさい》〟っていうのは、以前《いぜん》の章吾《しょうご》のとおり名《な》だ。ちょっと前《まえ》まで、章吾《しょうご》はクラスメイトたちを寄《よ》せつけず、みんなとつきあわなかったから。どんなことも、だれよりうまくできるのに。尊敬《そんけい》と……友《とも》だちとしてはとっつきにくいなっていう気持《きも》ちをこめて、そう呼《よ》ばれていた。

「いい加減《かげん》、人《ひと》のこと、天才《てんさい》とかいうのやめろよな」

章吾《しょうご》は不満《ふまん》そうにいった。

「みんな、勝手《かって》だ。俺《おれ》のこと、天才《てんさい》だの、神童《しんどう》だの、百年《ひゃくねん》に一度《いちど》の逸材《いつざい》だの、好《す》き勝手《かって》呼《よ》びやがって。メーワクしてるんだぞ」

「……なあ、自慢《じまん》してんのか……？」

「俺《おれ》だって、ほかのやつらと同《おな》じだ。ふつうに遊《あそ》びくらいするさ。子供《こども》なんだし」

このごろ、章吾《しょうご》は以前《いぜん》よりつきあいやすくなった、っていわれてる。スゴいのは相変《あいか》わらずだけど、ほかの子《こ》たちともふつうに遊《あそ》ぶようになったって。

大翔《ひろと》たちと行動《こうどう》するようになって以来《いらい》だ。

「そういうイベントだって、べつにきらいじゃねえんだ。いっていいだろ？」

「そういうイベントって？」

「友《とも》だちと旅行《りょこう》にいくのだよ」

「――わりぃ。もう一度《いちど》いってくれって」

「友《とも》だちと、旅行《りょこう》にいくのだよ」

「―――和也《かずや》と孝司《こうじ》が、『〝友《とも》だち〟を〝親友《しんゆう》〟に変《か》えてもう一度《いちど》』って」

「……うぜえ。おまえら、つれだってて電話《でんわ》してんのかよ」

章吾《しょうご》は、本当《ほんとう》にうざそうな声《こえ》をだした。和也《かずや》と孝司《こうじ》は、章吾《しょうご》のクラスメイトだ。

「章吾《しょうご》が旅行《りょこう》にくるかこないか、賭《か》けようって話《はなし》になってさ」

「なんでそんな話《はなし》になるんだ」

「みんな、夏休《なつやす》みヒマすぎて、章吾《しょうご》で遊《あそ》び――章吾《しょうご》と遊《あそ》びてえよなって話《はなし》になってさ」

「……いま、おまえ、〝で〟っていったよな？」

「いってねえよ。気《き》のせいだよ」

「ふん。やっぱ俺《おれ》、いかねぇや。考《かんが》えてみりゃ、おまえらのこと、友《とも》だちだなんて思《おも》ってねえしな」

「んじゃ、来週《らいしゅう》の月曜《げつよう》7時《じ》、おれんち集合《しゅうごう》でいい？」

「人《ひと》の話《はなし》を聞《き》け」

「海《うみ》とかで遊《あそ》べるから、水着《みずぎ》忘《わす》れるなよ。ゲームと本《ほん》も。おやつは600円《えん》までだぞ」

「待《ま》てよ。俺《おれ》はいかねえぞ。おまえらのこと、友《とも》だちだなんて思《おも》ってねえし。ぜってぇ、いかねえからな――」

大翔《ひろと》は電話《でんわ》をきった。

電話口《でんわぐち》で聞《き》き耳《みみ》を立《た》てていた仲間《なかま》たちを見《み》まわし、どっちに賭《か》ける？　と話《はな》しあう。

「ぼくはくるほうに賭《か》けるよ。アイス1本《ぽん》」

「あたしもくるほうに賭《か》けるわ。アイス1本《ぽん》」

「オレたちもいきたかったよなぁ、孝司《こうじ》。くるほうにアイス1本《ぽん》」

「ほんと、予定《よてい》あって残念《ざんねん》だよね、和也《かずや》。くるほうにアイス1本《ぽん》」

「賭《か》けにならないじゃん」

大翔《ひろと》はにやりと笑《わら》った。

「……ま、おれもくるほうにアイス1本《ぽん》だけどさ」

翌週月曜《よくしゅうげつよう》7時《じ》。

チャイムの音《おと》に、すでに集《あつ》まっていた大翔《ひろと》たちは、玄関《げんかん》のドアを開《あ》けた。

大《おお》きな旅行《りょこう》バッグを背負《せお》ってやってきた章吾《しょうご》は、うんざりしたようにため息《いき》を吐《つ》いたのだった。

「おまえら、なにそろってアイス食《く》ってんだよ……」

2

海《うみ》での遊《あそ》びを終《お》えると、いったんじいちゃんの家《いえ》にもどることにした。

すでに太陽《たいよう》は昇《のぼ》りきって、ギラギラと地面《じめん》にてりつけている。

七里島《しちりじま》は、たくさんの小《ちい》さな島《しま》が集《あつ》まった諸島《しょとう》のなかの、一番大《いちばんおお》きな島《しま》だ。観光客《かんこうきゃく》が多《おお》く、フェリー乗《の》り場《ば》の近《ちか》くには、民宿《みんしゅく》や、ひなびた商店《しょうてん》なんかがならんでいる。

少《すこ》しはなれると、昔《むかし》からの家《いえ》が軒《のき》をつらねた、古《ふる》い町並《まちな》みがひろがっている。田《た》んぼや畑《はたけ》もひろがる。

じいちゃんの家《いえ》は、石垣《いしがき》にかこまれ、はげかけた瓦屋根《かわらやね》を頭《あたま》に載《の》せた、大《おお》きな一軒家《いっけんや》だった。庭《にわ》にニワトリが放《はな》し飼《が》いになっている。

大翔《ひろと》たちが玄関《げんかん》をくぐると、物入《ものい》れをごそごそとひっくりかえしていたじいちゃんがふりかえった。

「……やっと、帰《かえ》ったか。メシ、できてるぞ」

ボソッとそれだけいって、居間《いま》のほうへあごをしゃくった。自分《じぶん》はすぐに作業《さぎょう》にもどる。眉間《みけん》に寄《よ》ったしわにも、みんなもうなれた。じいちゃんはブアイソなのだ。

昨日《きのう》、子供《こども》たちがやってきたときも、じいちゃんはみんなのあいさつをだまって聞《き》いたあと、そのまま奥《おく》の部屋《へや》へとひっこんでしまった。歓迎《かんげい》されていないのでは……と子供《こども》たちが心配《しんぱい》しはじめたところで、おぼんにいろいろ載《の》せてやってきた。とれたての卵《たまご》で作《つく》ったオムレツ。手作《てづく》りのおはぎとほうじ茶《ちゃ》。古《ふる》びた将棋盤《しょうぎばん》と駒《こま》にトランプ。

「メシにするか。おやつにするか。遊《あそ》ぶか。さあ、どうする。せっかくきたんだ。好《す》きなことをしろ」

（不器用《ぶきよう》なのよね。〝昭和《しょうわ》の男《おとこ》〟なのよ。ほんとはすごく子供好《こどもず》きなんだけど、素直《すなお》になれないの）

でがけに母《かあ》さんはそういっていた。昭和《しょうわ》っていろいろめんどくさい時代《じだい》だったんだろうなと思《おも》う。ともかく、じいちゃんは子供《こども》たちを歓迎《かんげい》してくれた。

「さて、午後《ごご》はなにして遊《あそ》ぼっか？　また、海《うみ》？」

「虫《むし》とりいこうぜ」

「いいな。海岸《かいがん》のもうちょっとむこうに、よさげな林《はやし》があったし」

「……もうおしゃれなんてしないからねーだ」

昼食《ちゅうしょく》をとりながら午後《ごご》の予定《よてい》をきめると、じいちゃんの手打《てう》ちソバをかきこんだ。すごくうまかった。

「でかけるなら、これを持《も》っていけ」

ふたたび家《いえ》をでようとすると、じいちゃんはそういって古《ふる》びたスプレー缶《かん》をさしだした。缶《かん》には、『むしむしコロリ』とラベルが貼《は》られている。

「このあたりの山林《さんりん》には、毒《どく》を持《も》った虫《むし》とかがいるんだ。気《き》をつけんと、刺《さ》されて肌《はだ》がかぶれるぞ。この虫《むし》よけスプレーは、特別製《とくべつせい》でよく効《き》く。持《も》っていけ」

物入《ものい》れをさぐっていたのは、これをさがすためだったみたいだ。大翔《ひろと》はありがたく、缶《かん》をデイパックにつめこんだ。

それからじいちゃんは、革《かわ》の鞘《さや》にはいったナイフをさしだした。

「恵《めぐみ》に電話口《でんわぐち》でいわれたぞ。〝せっかく田舎《いなか》にいくんだから、自然《しぜん》を使《つか》った遊《あそ》びを教《おし》えてやってよ。あの子《こ》たちったら、ゲームばかりやってるんだから〟……ってな。大翔《ひろと》、だめだぞ、おまえ」

じいちゃんは、眉間《みけん》にしわを寄《よ》せて、大翔《ひろと》の額《ひたい》をデコピンする。

「親《おや》への対策《たいさく》を忘《わす》れるな。竹《たけ》とんぼとか、笛《ふえ》とか……ともかくなにか一《ひと》つ作《つく》って、母《かあ》さんへのおみやげにしろ。……そうすれば、親《おや》なんて単純《たんじゅん》だからな。よろこんで、おじいちゃんところは教育《きょういく》にいいって、来年《らいねん》もまた旅行《りょこう》を許可《きょか》してくれる」

ほんとのほんとに、じいちゃんは子供《こども》たちを歓迎《かんげい》している。はやくも、来年《らいねん》もこさせようと画策《かくさく》しているようだ。

「みんなもそうしろ。作《つく》りかたは、この紙《かみ》に書《か》いておいたからな」

じいちゃんは『七里島《しちりじま》の自然工作《しぜんこうさく》』と書《か》かれた紙束《かみたば》をさしだした。大型《おおがた》クリップで留《と》められた、ずっしり分厚《ぶあつ》い紙束《かみたば》だ。『竹《たけ》とんぼの作《つく》りかた』『笛《ふえ》の作《つく》りかた』……じいちゃんお手製《てせい》の情報《じょうほう》が、章立《しょうだ》てしてまとめられている。作《つく》るの、大変《たいへん》だったろうなぁ。

「これも持《も》っていけ」

じいちゃんは古《ふる》いカメラをくれた。

「それからこれも持《も》っていけ」

と花火《はなび》をとりだす。

のどが渇《かわ》くといけないから、これも持《も》っていけ。——水筒《すいとう》。

熱中症《ねっちゅうしょう》になるといけないから、これも持《も》っていけ。——帽子《ぼうし》。

ともかく、いろいろ、持《も》っていけ。持《も》っていけ。

「……ごめん、みんな。大荷物《おおにもつ》になって……」

ようやく解放《かいほう》されて玄関《げんかん》をでたときには、デイパックはパンパンにふくらんでいた。

ちょっとそこまでいくだけなのに。

夕食《ゆうしょく》までにはもどれよぉー！　刺身《さしみ》とステーキだからなぁー！　じいちゃんの声《こえ》を背《せ》に、

4人《にん》は歩《ある》きはじめた。……さすがにちょっと、恥《は》ずかしい。

島《しま》の裏側《うらがわ》は、行《い》き交《か》う人《ひと》も少《すく》なく、のんびりしていた。

時折《ときおり》すれちがう人《ひと》たちが、こんにちは、と声《こえ》をかけてくる。みんなで元気《げんき》よくあいさつを返《かえ》した。

ぎらぎら太陽《たいよう》が、地面《じめん》にてりつけている。

ずっとむこうまでつづくあぜ道《みち》。田《た》んぼに畑《はたけ》。はるかむこうの水平線《すいへいせん》。

旅行《りょこう》にきてよかったな、と思《おも》った。自然《しぜん》にかこまれて、気持《きも》ちいい。みんなも楽《たの》しそうだし。

海岸《かいがん》へでた。フェリー乗《の》り場《ば》があるほうの海岸《かいがん》は観光客《かんこうきゃく》がいっぱいだけれど、こっちはガラガラなのだ。

海《うみ》のむこうに島《しま》が見《み》えた。

このあたりにたくさんうかんでる、小《ちい》さな島《しま》の一《ひと》つだ。

と、

――くん……

――ひろ……く……ん……

声《こえ》が聞《き》こえてきた。

風《かぜ》に乗《の》って、かすかに。

大翔《ひろと》は、ハッとして顔《かお》をあげた。さっきの、女《おんな》の子《こ》の声《こえ》だ。

やっぱり、あの島《しま》のほうから聞《き》こえてくる。大翔《ひろと》を呼《よ》んでる。

「え？　女《おんな》の子《こ》の声《こえ》？　……なにも聞《き》こえなかったけどなあ」

「気《き》のせいじゃないの？　人《ひと》が住《す》んでるのはこの島《しま》だけで、ほかは無人島《むじんとう》のはずよ？」

悠《ゆう》と葵《あおい》が首《くび》をかしげた。

砂浜《すなはま》のむこうに、桟橋《さんばし》があるのを見《み》つけた。

古《ふる》びたボートが1艘《そう》つながれているのを見《み》つけて、大翔《ひろと》はかけ寄《よ》った。

脇《わき》には『貸《か》しボート（1回《かい》100円《えん》）』と看板《かんばん》が立《た》てられ、木箱《きばこ》がおかれている。長《なが》いこと使《つか》われていないのか、雨風《あめかぜ》でひどく汚《よご》れている。

大翔《ひろと》は対岸《たいがん》の島《しま》を見《み》つめた。声《こえ》はもう聞《き》こえてこない。

(空耳《そらみみ》……?)

まさか。はっきりと聞《き》こえた。

——助《たす》けてって。

どういう状況《じょうきょう》だ? むこうの島《しま》から、助《たす》けを呼《よ》ぶって。

たとえば、ボートでむこうの島《しま》へわたったまま……ボートが流《なが》されて、帰《かえ》れなくなった、とか。……大変《たいへん》だ!

「ねえ。これ、見《み》て!」

看板《かんばん》を読《よ》んでいた葵《あおい》が声《こえ》をあげた。

みんなで走《はし》り寄《よ》り、看板《かんばん》をのぞきこむ。

赤《あか》マジックで、妙《みょう》ならくがきが書《か》き殴《なぐ》られていた。


『このボートは、鬼ケ島《おにがしま》行《い》き専用《せんよう》です。鬼ケ島《おにがしま》へご用《よう》のかたのみお使《つか》いください。』

『天国《てんごく》へご用《よう》のかたは、渡《わた》し守《もり》の案内《あんない》にしたがってください。』

「むこうの島《しま》へいこう」

大翔《ひろと》はみんなにうなずきかけた。

「だれかわかんないけど……助《たす》けてやんないと」

3

10分《ぷん》もしないうちに、ボートはむかいの島《しま》の浜辺《はまべ》へと着《つ》いた。二《ふた》つの島《しま》をへだてる海《うみ》は、てんでたいした距離《きょり》じゃなかった。いざとなったら、およいでもわたれそうだ。

「こっちは完全《かんぜん》に無人島《むじんとう》だな。観光地《かんこうち》といっても、本島《ほんとう》以外《いがい》はこんな感《かん》じなのか」

漕《こ》いでいたオールをおくと、章吾《しょうご》は額《ひたい》に手《て》をやって、あたりを見《み》まわしている。

本島《ほんとう》の七里島《しちりじま》も裏側《うらがわ》は人《ひと》がまばらだったが、こちらの島《しま》は、本当《ほんとう》に人《ひと》の住《す》んでいる気配《けはい》がなかった。海岸《かいがん》に人《ひと》が1人《ひとり》もいないし、ゴミ一《ひと》つおちていない。それに、砂《すな》、岩《いわ》、草《くさ》、木《き》だけで……人工物《じんこうぶつ》がない。

……ミーンミンミンミンミンミン………

セミの鳴《な》き声《ごえ》が、洪水《こうずい》みたいにひびきわたっている。

……ミンミンミンミンミンミン…………ジー………

「ねえ。なんか……この島《しま》、ヘンな感《かん》じ、しない？」

自分《じぶん》の体《からだ》を抱《だ》きしめるようにして、悠《ゆう》がいった。悠《ゆう》は、妙《みょう》に直感《ちょっかん》がするどいところがあるのだ。

「ヘンな感《かん》じって？」

「あのボートもなんだけど、なんか、こう……〝ちがう〟っていう感《かん》じ」

「ちがうって、なにが……？」

「いや、ぼくも、よくわかんないんだけど……」

悠《ゆう》は首《くび》をかしげている。

「いこう。大《おお》きな島《しま》じゃない。だいじょうぶだ」

「子供《こども》が帰《かえ》れずにいるなら、助《たす》けてあげないとね」

近《ちか》くの岩《いわ》にボートをつなぎ、流《なが》されないように固定《こてい》した。

葵《あおい》が小石《こいし》をひろい集《あつ》めて、ポケットに突《つ》っこむ。

「……アオイ、なにやってんの？」

「迷子《まいご》になったら大変《たいへん》でしょ？　地図《ちず》もないし、ケータイも圏外《けんがい》になっちゃったし。ヘンゼルとグレーテル方式《ほうしき》よ」

歩《ある》きながら道々《みちみち》地面《じめん》に石《いし》をおとして、帰《かえ》るときの目印《めじるし》にするってことだ。

4人《にん》は歩《ある》きはじめた。

草《くさ》っぱらがのびた地面《じめん》。砂利石《じゃりいし》がごろごろところがった地面《じめん》。土《つち》がむきだしになった地《じ》面《めん》。進《すす》んでいく。

雑木林《ぞうきばやし》に踏《ふ》みこんだ。

「うわあ！　すごいよ、あれ！」

悠《ゆう》が、生《お》い茂《しげ》った木々《きぎ》を指《ゆび》さした。

天高《てんたか》くのびたコナラの木《き》に、カブトムシ、クワガタムシ……ほかにもたくさんの昆虫《こんちゅう》がとりついているのだ。すごい数《かず》だった。

「大物《おおもの》がたっくさん……！　穴場《あなば》だね、ここ！」

「あとで虫《むし》とりしようぜ。せっかく、虫《むし》とり網《あみ》も虫《むし》カゴもあることだし」

章吾《しょうご》もうなずいた。

「うう、キモチワルイわね……」

葵《あおい》は虫《むし》が苦手《にがて》なのだ。

しゃべりながら、島《しま》を進《すす》んでいく。

虫《むし》だけじゃなかった。島《しま》は、動植物《どうしょくぶつ》であふれていた。

チチチ……と鳥《とり》のさえずりが絶《た》え間《ま》なく聞《き》こえる。パタパタ飛《と》んでいく羽音《はおと》。キツツキが、カンカンと木《き》をつつく音《おと》。

アサガオ、ヒマワリ、アジサイ……花々《はなばな》が、色《いろ》とりどりの花弁《かべん》をひろげている。キレー、と葵《あおい》は感激《かんげき》している。

小高《こだか》くなった崖《がけ》。下《した》には、きれいな小川《おがわ》が流《なが》れている。底《そこ》が見《み》えるほど澄《す》んでいて、アメンボやタニシ、ザリガニなんかが見《み》える。

魚《さかな》が跳《は》ねて、水《みず》しぶきが散《ち》った。

「すごい島《しま》だな。日本《にほん》にこんなところがあったとは思《おも》わなかったぜ」

章吾《しょうご》が感心《かんしん》している。葵《あおい》がうんうんうなずいて、

「楽園《らくえん》って感《かん》じよね。こういうところで勉強《べんきょう》したら、はかどるでしょうね……」

どうして楽園《らくえん》にきてまで勉強《べんきょう》したいのか、大翔《ひろと》にはさっぱりわからない。

「でも、なんか……やっぱりヘンな感《かん》じがするなあ……」

悠《ゆう》がまだ首《くび》をかしげている。

「……見《み》ろ。むこうに、家《いえ》があるぞ」

章吾《しょうご》が丘《おか》のむこうを指《ゆび》さした。

島《しま》の奥《おく》。開《ひら》けた場所《ばしょ》に寄《よ》り集《あつ》まって、古《ふる》い民家《みんか》が建《た》っていた。

……ほとんど、こわれて廃屋《はいおく》のようになっている。

柱《はしら》がへし折《お》れ、窓《まど》ガラスが粉々《こなごな》にわれて……大《おお》きな家々《いえいえ》が、ぺしゃんこになっている。

まるで、怪獣《かいじゅう》に轢《ひ》かれたみたいに。

「な、なに、これ……」

「盛大《せいだい》にぶっこわされてるな……」

「昔《むかし》は人《ひと》が住《す》んでたみたいだけど」

葵《あおい》が首《くび》をひねった。

「過疎《かそ》で廃村《はいそん》になって、とりこわしたのかしら？　ブルドーザーで」

「いや、これは……」

と、章吾《しょうご》は警戒《けいかい》したような足《あし》どりで、こわれた家《いえ》のほうへ近《ちか》づいていく。

「ブルドーザーというよりは……」

——ガサッ

とつぜん、近《ちか》くで音《おと》がした。みんな跳《は》ねあがった。

ふりむくと、むこうの草《くさ》むらの茂《しげ》みが、がさがさと大《おお》きくゆれていた。

大翔《ひろと》たちは顔《かお》を見《み》あわせ、油断《ゆだん》なく茂《しげ》みをにらんだ。

「…………ひろくん……？」

ガサリと、女《おんな》の子《こ》が顔《かお》をのぞかせた。

大翔《ひろと》たちと同《おな》じくらいの年《とし》だろう。

ぽかんと口《くち》を開《あ》け、ぱちぱちと目《め》をまたたいて、信《しん》じられないことでも起《お》こったみたいに、まじまじと大翔《ひろと》を見《み》つめている。

「……ほんとに、助《たす》けにきてくれたの……？」

「な？　いたろ？　空耳《そらみみ》じゃなかった」

大翔《ひろと》は3人《にん》にうなずきかけた。やっぱり、迷子《まいご》が呼《よ》んでたんだ。

それから、女《おんな》の子《こ》に近《ちか》づいて、手《て》をさしだした。

「だいじょうぶか？　ボートが流《なが》されて、帰《かえ》れなくなっちゃったんだろ？　一緒《いっしょ》に乗《の》せてってやるよ」

「…………ひろくんだ！　ほんとに、ひろくんだ!!」

女《おんな》の子《こ》は大翔《ひろと》のいうことも聞《き》かず、跳《と》びあがらんばかりだ。そのよろこびっぷりに、大《ひろ》翔《と》はぽかんとした。

「会《あ》いたかったよ！　ひろくん！」

女《おんな》の子《こ》はだだだっとかけ寄《よ》ってくると——大翔《ひろと》の胸《むね》に、力《ちから》いっぱい、抱《だ》きついてきた。

大場《おおば》大翔《ひろと》、12歳《さい》、男《おとこ》。小学《しょうがく》6年生《ねんせい》。

見知《みし》らぬ女《おんな》の子《こ》に抱《だ》きつかれたのは、とーぜん、はじめての経験《けいけん》だった。

2 大翔《ひろと》の許嫁《いいなずけ》？

1

人《ひと》がおどろいたときって、ほんとに〝ぽかーん〟って顔《かお》するものらしい——女《おんな》の子《こ》に抱《だ》きつかれたまま、大翔《ひろと》はそんなことを思《おも》った。

悠《ゆう》と葵《あおい》が〝ぽかーん〟と口《くち》を開《ひら》いて、女《おんな》の子《こ》を見《み》つめている。まるで幻《まぼろし》のツチノコだかネッシーだかを発見《はっけん》したみたいな感《かん》じになってる。

女《おんな》の子《こ》は気《き》にした風《ふう》もなく、顔《かお》いっぱいにうれしそうな笑《え》みをうかべて、じぃぃーっと大翔《ひろと》の顔《かお》をのぞきこんでいる。

「ひっろくんだ♪　ひっさしぶっりの、ひっろくんだ♪」

大翔《ひろと》の服《ふく》のすそをつかむと、仔犬《こいぬ》がじゃれつくみたいに、まわりをスキップしはじめた。

なんだ、なんだ。

「ひ、ヒロト……」

……なぜだか悠《ゆう》が、涙目《なみだめ》になって大翔《ひろと》を見《み》た。

「ぼ、ぼくには『恋愛《れんあい》とかぜんぜん興味《きょうみ》ねーよな！』っていってたのに……。いつの間《ま》に、大人《おとな》になってたの……」

「遠《とお》くはなれた土地《とち》で、愛人《あいじん》をかこう……。男子《だんし》ってフケツだわ」

「ちょ、ちょっと待《ま》った！　ちげーよ！　ゴカイだ！　知《し》らないって、こんな子《こ》！」

ジトーッと見《み》つめてくる葵《あおい》に、大翔《ひろと》はあわててぶんぶん首《くび》をふった。

「……おまえ、名前《なまえ》は？」

成《な》り行《ゆ》きを見守《みまも》っていた章吾《しょうご》が、女《おんな》の子《こ》に問《と》いかけた。

ちなみに、こいつはまったく〝ぽかーん〟としていない。いたって冷静《れいせい》だ。〝女《おんな》の子《こ》が抱《だ》きついてくるくらい、べつにおどろくようなことじゃない〟って感《かん》じだ。……なんか、腹立《はらた》つ。

「ご、ごめんなさい。わたしったら、ひさしぶりにひろくんに会《あ》えて、すっかり舞《ま》いあがっちゃった」

女《おんな》の子《こ》はあわてた様子《ようす》で、こほん、と空咳《からせき》をした。

スカートのすそをパンパンとのばし、背筋《せすじ》を正《ただ》して丁寧《ていねい》におじぎする。べつに怪《あや》しいやつってわけではなさそうだ。

はきはきした声《こえ》で、

「わたし、本田小夜子《ほんださよこ》っていうの。12歳《さい》、小学《しょうがく》6年生《ねんせい》。……ひろくんの、許嫁《いいなずけ》です！」

——げふごほがはごへぐへっ

大翔《ひろと》ははげしくむせこんだ。

許嫁《いいなずけ》。イイナズケ。

意味《いみ》：結婚《けっこん》の約束《やくそく》をした仲《なか》。

こんどは、さすがの章吾《しょうご》も〝ぽかーん〟とマヌケに口《くち》を開《あ》けた。こいつのこんな顔《かお》、めったに見《み》られない。ざまーみろ。

「みなさんは、ひろくんのお友《とも》だちですよね？　ひろくんのお友《とも》だちは、わたしのお友《とも》だちです。うちの人《ひと》が、いつもお世話《せわ》になってます。今後《こんご》とも、よろしくおねがいいたします！」

うちの人《ひと》。

大翔《ひろと》は胸中《きょうちゅう》でくりかえした。

うちの人《ひと》。

「ちょ、ちょっと待《ま》った！　誤解《ごかい》だ！　誤解《ごかい》があるぞ！」

大翔《ひろと》は、首《くび》がもげるんじゃないかって勢《いきお》いで、ぶんぶん首《くび》を横《よこ》にふった。

「初対面《しょたいめん》だろ、おれたち！」

「え……？　初対面《しょたいめん》……？」

「いまはじめて会《あ》ったばっかりじゃないか！　どうして、イイナズケなんて、そんなこというんだよ！」

「……ひろくんこそ、どうして、いまはじめて会《あ》ったばかりだなんて、そんなことというの？」

不思議《ふしぎ》そうに首《くび》をかしげて、正面《しょうめん》から大翔《ひろと》を見《み》やる。

「……ひょっとして、小夜《さよ》のこと、忘《わす》れちゃったの？」

大《おお》きな瞳《ひとみ》をまんまるに見開《みひら》いて、大翔《ひろと》を見《み》つめる。みるみる涙《なみだ》がたまりはじめた。

「そっか……。ひろくん、小夜《さよ》のこと、忘《わす》れちゃったんだ……。大《おお》きくなったら、お嫁《よめ》さんにしてくれるって、約束《やくそく》したのに……」

「は、はあ……？」

「小夜《さよ》には大切《たいせつ》な約束《やくそく》だったけど……ひろくんにとっては、たいしたことない、だれとでもしてる、約束《やくそく》だったんだ……。だから、すっかり忘《わす》れちゃったんだね……」

「え、う、……？」

なんだそれ。知《し》らねえぞ。どこのマンガの設定《せってい》だ、それ。

「ちょ、ちょっと。助《たす》けてくれよ、みんなぁ……」

おろおろとふりむくと、葵《あおい》、悠《ゆう》、章吾《しょうご》は、じっと大翔《ひろと》を見《み》やっていた。

おだやかな、仏《ほとけ》のような顔《かお》で。

ぽろぽろと泣《な》く女《おんな》の子《こ》と、大《おお》あわての大翔《ひろと》を交互《こうご》に見《み》つめると、

「有罪《ゆうざい》」

「有罪《ゆうざい》」

「有罪《ゆうざい》」

「……判決《はんけつ》。大場大翔《おおばひろと》被告《ひこく》を、〝女《おんな》の子《こ》の敵《てき》〟の罪《つみ》で、無期懲役《むきちょうえき》の刑《けい》とします」

まさかのスピード判決《はんけつ》が下《くだ》った。ひどい。

「もう！　いい加減《かげん》にしろってば！」

大翔《ひろと》はさすがに、怒《おこ》った声《こえ》をだした。このままじゃ、ひどいぬれ衣《ぎぬ》だ。

女《おんな》の子《こ》にむきなおると、ムスッと唇《くちびる》をとがらせる。

「おれは、大場大翔《おおばひろと》！　桜ヶ島小学校《さくらがじましょうがっこう》の、６年《ねん》２組《くみ》。おまえとは、初対面《しょたいめん》だぞ！」

「ひろと……？　あれ？」

女《おんな》の子《こ》は首《くび》をかしげた。

あれ？　あれ？　と首《くび》をひねり、なにやら考《かんが》えこんでいる。ややあって、

「あ、そっか！」

ポンと手《て》を打《う》った。

「血筋《ちすじ》だね！」

……どういうこった。

「ごめん、ごめん！　はやとちり！　大翔《ひろと》くん、わたしの幼《おさな》なじみのひろくんにすっごく似《に》てるから。まちがえちゃったみたい！」

「ほら、見《み》ろ」

「……うん、まあ、ほんとはわかってたよ、ヒロト」

「大翔《ひろと》に限《かぎ》って、愛人《あいじん》なんてね」

「おまえにそんな甲斐性《かいしょう》があるとも思《おも》えねーしな」

悠《ゆう》たちがくちぐちにいう。……わかってくれたのはいいけど、なんだかすげぇ腑《ふ》におちない。

「あらためて、わたし、この島《しま》の小学校《しょうがっこう》6年生《ねんせい》の、本田小夜子《ほんださよこ》。小夜《さよ》って呼《よ》んでね。……しかし、ほんと、そっくりだなぁ」

女の子《おんなのこ》……小夜子《さよこ》はいいつつ、大翔《ひろと》の頭《あたま》からつま先《さき》までしげしげと見《み》やっている。大翔《ひろと》は思《おも》わず、赤《あか》くなった。

「小学校《しょうがっこう》があるんだ？　人《ひと》の気配《けはい》がないから、てっきり、無人島《むじんとう》だと思《おも》ってたよ」

悠《ゆう》がいう。

「無人島《むじんとう》であってるよ。以前《いぜん》は人《ひと》がいたんだけど、過疎《かそ》で廃村《はいそん》になっちゃったからね。もう50年《ねん》以上《いじょう》も、人《ひと》は住《す》んでないの」

小夜子《さよこ》がいうと、ほら、あたしのいったとおりじゃない、と葵《あおい》がうなずいた。

「でも、家《いえ》までこわさなくてもいいのに。あんな乱暴《らんぼう》に」

「あ、あれはね」と、小夜子《さよこ》は首《くび》をふった。「ちょっとちがくて……」


ズガガガガガッ！


……とつぜん、遠《とお》くから轟音《ごうおん》がひびいてきた。

ふりむくと、むこうの林《はやし》に生《は》えた大木《たいぼく》が２本《ほん》、メリメリと悲鳴《ひめい》をあげながら、地面《じめん》にたおれていくところだった。

大翔《ひろと》たちは顔《かお》を見《み》あわせた。

「な、なんだ？」

ズガガガガガガガガッ！

また音《おと》がひびいた。巨大《きょだい》ななにかが、ぶちかましをかけるような音《おと》だ。

木々《きぎ》がどんどんとたおれていく。大翔《ひろと》は、林《はやし》のなかで巨大《きょだい》なブルドーザーが、木々《きぎ》をなぎたおしていくところを想像《そうぞう》した。

「まだ、工事《こうじ》、やってるの……？」

ジャキンッ!!

と、こんどはべつの方角《ほうがく》から、するどい金属音《きんぞくおん》がひびいた。

ジャキンッ!!　ジャキンッ!!

刃物《はもの》を――ハサミをかみあわせるような音《おと》だった。でも、それにしては大《おお》きすぎる。大翔《ひろと》は、巨大《きょだい》な――一《ひと》にぎりで木《き》をきりたおせるような巨大《きょだい》ハサミを想像《そうぞう》した。そんなもの、あるのか……？

「いけない……。もうきた……」

小夜子《さよこ》が声《こえ》を強《こわ》ばらせた。

じっとにらむように、音《おと》のするほうを見《み》ている。

「……あの家《いえ》こわしたの、ブルドーザーとかじゃねえな？」

章吾《しょうご》が、なぎたおされた家々《いえいえ》を指《ゆび》さした。小夜子《さよこ》がうなずいた。

「はやくはなれたほうがいいわ。あいつらに見《み》つかると、すごくキケン。家《いえ》くらいまるごとなぎたおしちゃうやつらだから……」

「……事情《じじょう》はあとで聞《き》くことにして」

葵《あおい》がいった。

「すぐにこの場《ば》をはなれたほうがよさそうね」

なぎたおす轟音《ごうおん》と、ハサミのような音《おと》……それらが、だんだん、近《ちか》づいてきている。

みんな判断《はんだん》ははやかった。経験《けいけん》ってやつだ。顔《かお》を見《み》あわせ、うなずきあった。

「よし、海岸《かいがん》までもどるぜ！」

地面《じめん》におとしておいた小石《こいし》を逆《ぎゃく》に辿《たど》って、走《はし》りはじめた。

こわれた民家《みんか》の群《む》れを背《せ》にして、丘《おか》を越《こ》える。小川《おがわ》の脇《わき》を抜《ぬ》ける。

しばらくいくと、先《さき》を走《はし》っていた葵《あおい》が立《た》ちどまった。

「――おかしいわ」

おかれた小石《こいし》をじっと見《み》おろして、まゆをひそめている。

「どうしたんだ？　葵《あおい》」

「あたしの記憶《きおく》では、海岸《かいがん》はここから東《ひがし》の方向《ほうこう》だったと思《おも》うんだけど……」

ぽつぽつと地面《じめん》に一定間隔《いっていかんかく》でおとされた小石《こいし》は、西《にし》のほうへむかってのびている。

「気《き》のせいじゃないの？　同《おな》じような景色《けしき》だもん」

「風《かぜ》で飛《と》ばされるような石《いし》でもないしな」

音《おと》は遠《とお》くなったが、まだ油断《ゆだん》はできない。5人《にん》は小石《こいし》のつづいているほうへいそいだ。走《はし》りながら見《み》あげると、さっきまできれいに晴《は》れわたっていた青空《あおぞら》が、じわじわと赤《あか》く染《そ》まっていっている。

大翔《ひろと》は奥歯《おくば》をかみしめた。やばい。これはよくない前兆《ぜんちょう》だ……。

ぽつん、ぽつんとおかれた小石《こいし》を追《お》っていそぐ。草《くさ》っぱらを抜《ぬ》け、林《はやし》をかけ抜《ぬ》ける。

……ボートを停《と》めた浜辺《はまべ》は、まるで見《み》えてこない。

「ぜぇっぜぇっ……。い、いつまで走《はし》るのぉっ……？」

悠《ゆう》が息《いき》も絶《た》え絶《だ》えにいった。

「……はぁっはぁっ……な、なにかヘンだわ」

もうずいぶん走《はし》っている。上陸《じょうりく》してから歩《ある》いてきた距離《きょり》を考《かんが》えれば、とっくに浜辺《はまべ》に着《つ》いていていい距離《きょり》だ。

小石《こいし》は相変《あいか》わらず、ぽつん、ぽつんとつづいて、道《みち》をしめしている。迷《まよ》ったわけじゃない。なのに、ゴールに辿《たど》り着《つ》かない。

まるで、ぐるぐると円《えん》を描《えが》いて、同《おな》じところを走《はし》っているみたいに。

大翔《ひろと》は、はっとした。

「……大翔《ひろと》も気《き》づいたか。これ、円《えん》になってやがるぜ」

章吾《しょうご》が舌打《したう》ちして、むこうの地面《じめん》を指《ゆび》さした。数十《すうじゅう》メートル先《さき》におかれた小石《こいし》の下《した》には、帽子《ぼうし》が敷《し》かれていた。章吾《しょうご》がかぶってたやつだ。

「さっき、念《ねん》のためおいておいたんだ。それから20分《ぷん》は走《はし》ってるはずなのに、同《おな》じところにでちまった。ぐるぐるまわっちまってんだよ」

章吾《しょうご》は人《ひと》さし指《ゆび》で、宙《ちゅう》にくるりと円《えん》を描《えが》いた。

「目印《めじるし》が動《うご》かされてるんだ」

さらに進《すす》むと、小石《こいし》は途絶《とだ》えていた。

最後《さいご》の小石《こいし》のおかれた脇《わき》に、真《ま》あたらしい看板《かんばん》が立《た》っている。

『おつかれさまです。よけいなものは処理《しょり》しておきました。ゆたかな自然《しぜん》と、あふれる鬼《おに》。心《こころ》ゆくまで鬼ケ島《おにがしま》の観光《かんこう》をお楽《たの》しみください。』

『天国《てんごく》へご用《よう》のかたへ。渡《わた》し守《もり》は鬼《おに》ケ島《がしま》までは迎《むか》えにあがれません。』

大翔《ひろと》たちは顔《かお》を見《み》あわせ、ごくりとつばをのんだ。

……まさか、こんな遠《とお》くの土地《とち》まできて、〝鬼《おに》〟なんて言葉《ことば》にでくわすとは思《おも》わなかった。

「いけない……」

小夜子《さよこ》が唇《くちびる》をかんだ。

「みんな、ボートはどこ!?」

ズガアアアアアアンッ!

ジャキンッ!! ジャキンッ!!

遠《とお》くから、またあの音《おと》がひびいてきた。

同時《どうじ》に、メリメリッと、なにか固《かた》いものが裂《さ》けるような音《おと》が聞《き》こえてくる。

「い、いまの音《おと》は……?」

T.N.A
28
SHINING

「まさかっ……！」

身《み》をひるがえし、音《おと》のしたほうへ走《はし》った。葵《あおい》がさっき止《と》まった道《みち》を、こんどは東《ひがし》へ。一目散《いちもくさん》にかけてゆく。

ようやく、海岸《かいがん》へでた。

ボートは、バラバラになってこわれていた。真《ま》ん中《なか》から二《ふた》つにへし折《お》られた上《うえ》、ぶつ切《ぎ》りに切断《せつだん》されて、打《う》ち寄《よ》せる波《なみ》にぷかぷかとゆれている。

「ど、どうやって帰《かえ》るの？　これ……」

悠《ゆう》が口《くち》もとをひきつらせる。大翔《ひろと》は対岸《たいがん》の島《しま》を見《み》やった。

七里島《しちりじま》は、さっきよりもずっと遠《とお》くに見《み》えている。まるで……島《しま》が移動《いどう》したみたいに。

強《つよ》くなってきた風《かぜ》のせいで、波《なみ》が高《たか》い。これじゃ、むこうまでおよいでもどるのはムリだ。

「やつらのしわざだわ……」

小夜子《さよこ》がうなだれた。

「この島《しま》には、強力《きょうりょく》な3匹《びき》の鬼《おに》たちが棲《す》みついてるの。家《いえ》を破壊《はかい》したのも、そいつらよ」

ぺたんと砂浜《すなはま》に座《すわ》りこみ、ひざをかかえてしまう。

「わたし、ずっと鬼《おに》から逃《に》げまわってたの……。やっと、脱出《だっしゅつ》できると思《おも》ったのに……」

「……だいじょうぶだ。あきらめちゃだめだぜ」

大翔《ひろと》は口《くち》にした。特《とく》にだいじょうぶでもなかったのだけど、言葉《ことば》にするとおちついた。

小夜子《さよこ》が顔《かお》をあげる。

「まかせろ。おれたち、鬼《おに》とか、なれてんだ。な？」

大翔《ひろと》はうなずきかけた。青《あお》い顔《かお》してた悠《ゆう》と葵《あおい》が、プッと吹《ふ》きだす。

「やれやれ。夏休《なつやす》みまでこんなことになるとはな。鬼《おに》と縁《えん》があるどころの話《はなし》じゃないぜ」

章吾《しょうご》が肩《かた》をすくめた。

それから、海《うみ》のむこうへあごをしゃくった。

「でも、どうすんだ？　およいで海《うみ》をわたるのはムリ。ボートはバラバラだ。脱出《だっしゅつ》には、最低限《さいていげん》、乗《の》り物《もの》が必要《ひつよう》だぜ」

「答《こた》えは一《ひと》つだろ」

大翔《ひろと》は肩《かた》からかけていたデイパックをおろした。

サイドポケットにしまっておいた、クリップ留《ど》めの紙束《かみたば》をとりだす。

『七里島《しちりじま》の自然工作《しぜんこうさく》』……表《おもて》にでかでかと書《か》かれた万年筆《まんねんひつ》の文字《もじ》。孫《まご》と友《とも》だちが遊《あそ》びにくると聞《き》いて、夜《よ》なべしてこれ作《つく》ってるじいちゃんの姿《すがた》を想像《そうぞう》した。

竹《たけ》とんぼ。笛《ふえ》。独楽《こま》に釣《つ》り竿《ざお》。自然《しぜん》の草木《くさき》で作《つく》れるいろんなものが、じいちゃんの手《て》でまとめられている。

最後《さいご》の章《しょう》に、あった。

『イカダの作《つく》りかた』

「……親《おや》たちへのおみやげにしようぜ」

大翔《ひろと》はにやりと笑《わら》った。

「来年《らいねん》もまた、こられるようにさ」

2

必要《ひつよう》な材料《ざいりょう》と手順《てじゅん》を確認《かくにん》すると、大翔《ひろと》たちはさっそく行動《こうどう》を開始《かいし》した。

イカダの作《つく》りかたは単純《たんじゅん》だった。簡単《かんたん》にいえば、丸太《まるた》や竹《たけ》を横《よこ》にならべて、ロープでむすびあげるだけだ。

もちろん、むすびかたがむずかしかったり、いろいろコツはあるみたいだけど、じいちゃんのメモにはそのあたりのことが事細《ことこま》かに記《しる》されていた。これさえあれば、子供《こども》だけでも作《つく》れるだろう。

「それにしても、あたしたち以外《いがい》で鬼《おに》に追《お》いかけられてる子《こ》がいるなんて、おどろいたわ」

荷物《にもつ》をまとめながら、葵《あおい》がいう。

イカダの材料《ざいりょう》となる丸太《まるた》とロープは、雑木林《ぞうきばやし》まで調達《ちょうたつ》にいくことにした。章吾《しょうご》と大翔《ひろと》は浜辺《はまべ》で角《かく》ばった石《いし》をひろい、悠《ゆう》が虫《むし》カゴにつめている。

「わたしこそ、おどろいた。みんな、鬼《おに》、怖《こわ》くないの？」

てきぱき動《うご》く大翔《ひろと》たちを見《み》ながら、小夜子《さよこ》。

「そりゃ怖《こわ》いけど……こっちには、鬼《おに》をぶん殴《なぐ》っちゃうヒロトがついてるからね」

「ラケットで鬼《おに》をはたきたおす宮原《みやはら》もついてるしな」

「バットで牛鬼《うしおに》をぶったたく金谷《かなや》くんもいるもの」

「考《かんが》えてみれば、ぼく以外《いがい》、みんなひどい……」

くちぐちにいうみんなに、こんどは小夜子《さよこ》がぽかーんとする。

くすっと笑《わら》った。

「よかった。わたしのせいであぶないことに巻《ま》きこんじゃったって、心配《しんぱい》しちゃったよ。

みんななら、ぜんぜん平気《へいき》だね」

「……ま、1人《ひとり》じゃないからな」

大翔《ひろと》は鼻《はな》の下《した》をこすった。

島《しま》のなかほどにひろがった雑木林《ぞうきばやし》にむかった。丸太《まるた》ならいくらでも手《て》にはいりそうだ。

「木《き》をきるノコギリが必要《ひつよう》だな」

林《はやし》にはいると、章吾《しょうご》がいった。海岸《かいがん》でひろった角《かく》ばった石《いし》で、1人《ひとり》キャッチボールをしている。

「……って、そうだよ、ノコギリがないじゃん！　……つんだ……」

「石器時代《せっきじだい》も、ノコギリはなかったんだぜ？　桜井《さくらい》。まあ見《み》てろ」

章吾《しょうご》はいうと、鞘《さや》からナイフをひき抜《ぬ》いた。でがけにじいちゃんにわたされたやつだ。ざっとあたりを見《み》わたすと、背《せ》の低《ひく》いところにのびていた、太《ふと》めの木《き》の枝《えだ》を折《お》りとった。ぐるぐると木《き》に巻《ま》きついてのびたツル草《くさ》をきり、手《て》ばやく葉《は》をおとす。角《かく》ばった石《いし》を木《き》の枝《えだ》とあわせ、ツル草《くさ》でむすんでいく。縦《たて》、横《よこ》、ななめ……きれいにぐるぐると巻《ま》きつけて、ぎゅっ、ぎゅっ、とゆるみなくしめる。

枝《えだ》の取《と》っ手《て》をにぎりしめると、そのまま、章吾《しょうご》は頭上《ずじょう》の木《き》の枝《えだ》にふるった。

——カンッ！

太《ふと》い木《き》の枝《えだ》を、一刀両断《いっとうりょうだん》。

「……ま、こんなもんだな。図工《ずこう》は得意《とくい》じゃねえんだが、なんとかなるもんだ」

完成《かんせい》した石斧《いしおの》をくるくるとまわし、章吾《しょうご》は口笛《くちぶえ》を吹《ふ》いた。おまえに得意《とくい》じゃねえものなんてないだろ……大翔《ひろと》は思《おも》う。

これなら、太《ふと》ささえ選《えら》べば、木《き》をきることもできそうだ。

「よし、おれらも作《つく》るぜ！」

「うん！」

ということで大翔《ひろと》と悠《ゆう》も石斧《いしおの》を作《つく》ったが、章吾《しょうご》ほどはうまくきれなかった。特《とく》に悠《ゆう》のはむすびがゆるゆるで、一《ひと》ふりで石《いし》がぶっ飛《と》んでった。

「悠《ゆう》、図工《ずこう》、『がんばりましょう』だったもんな……」

「そんなことじゃ、石器時代《せっきじだい》で生《い》き抜《ぬ》けないわよ、悠《ゆう》」

「ぼく、現代《げんだい》に生《う》んでくれたお母《かあ》さんに感謝《かんしゃ》してる……」

人数分《にんずうぶん》の石斧《いしおの》が完成《かんせい》したら、つぎは丸太《まるた》とロープだ。

「ロープの代《か》わりには、ツル草《くさ》を使《つか》えばいいわね。ツル植物《しょくぶつ》はひっぱりに強《つよ》いし」

林《はやし》にのびた木々《きぎ》に巻《ま》きつくようにして、ツル草《くさ》が茎《くき》をのばしている。それを指《さ》しながら、葵《あおい》が解説《かいせつ》する。

「どうしてひっぱりに強《つよ》いかっていうと、ツル植物《しょくぶつ》は縦方向《たてほうこう》の繊維《せんい》が多《おお》いのね。それはどうしてかっていうと、光合成《こうごうせい》のためには太陽《たいよう》の光《ひかり》が必要《ひつよう》だから。林《はやし》では木《き》が密集《みっしゅう》してるから、低《ひく》いところにいると陽《ひ》の光《ひかり》を受《う》けられないでしょ？　だからツル植物《しょくぶつ》は、より上方《じょうほう》にのびていって、その自重《じじゅう》をささえるために、」

男子《だんし》たちはもくもくとツル植物《しょくぶつ》をナイフできった。太《ふと》すぎず、細《ほそ》すぎず、ちょうどいいのを選《えら》ぶ。葉《は》っぱをおとす。ぎゅっとひっぱると、ピンとはる。

くるくると巻《ま》きとって、デイパックにつめた。

「……っていうことなの。わかった?」

「おう、完璧《かんぺき》にわかったぜ」

「まとめると、ツル草超強《くさちょうつよ》い、ってことだよね?」

「まとめすぎ」

さて、問題《もんだい》は丸太《まるた》だった。メモには、ペットボトルや牛乳《ぎゅうにゅう》パックでも作《つく》れると書《か》いてあったけど、ここでは逆《ぎゃく》に手《て》にはいらない。

大翔《ひろと》たちは、ちょうどよさそうな木《き》をさがしながら、雑木林《ぞうきばやし》のなかを進《すす》んだ。

クヌギ、コナラ、ヤナギ……ほか、よくわからないものたくさん。林《はやし》にはたくさんの木《き》が生《は》えているが、なかなか手《て》ごろなものはなかった。どれも、太《ふと》すぎるか細《ほそ》すぎるか。あるいはまがっているか。

「竹《たけ》があるといいんだけどね……」

葵《あおい》がケータイとにらめっこしながらいった。木《き》の情報《じょうほう》を調《しら》べているのだ。葵《あおい》のケータイには、図鑑《ずかん》や辞典《じてん》のアプリがたくさんインストールされている。

「葵《あおい》ちゃん。それ、なあに？」

小夜子《さよこ》が首《くび》をかしげて、葵《あおい》の持《も》ったケータイを指《ゆび》さした。めずらしくもない、ガラケーだ。葵《あおい》の家《いえ》では、小学生《しょうがくせい》にはスマホは禁止《きんし》なのだ。

「なにって……ただのケータイよ？」

葵《あおい》がケータイをパカパカやりながらこたえる。

「ケータイ？」

小夜子《さよこ》が首《くび》をかしげる。

「携帯電話《けいたいでんわ》よ」

「ケイタイデンワ……？」

新種《しんしゅ》の生《い》き物《もの》でも見《み》るみたいに、パチパチとまばたきして、まじまじとケータイを見《み》つめている。……なんだ？

え、と小夜子《さよこ》は口《くち》をまんまるに開《あ》けた。

「ひょっとして……電話《でんわ》なの？　これ」

「ひょっとしなくても、電話《でんわ》よ」

「だって……受話器《じゅわき》は？　ダイヤルは？」

「これ自体《じたい》が受話器《じゅわき》よ。ダイヤルって……ボタンのこと？」

「それに、電話線《でんわせん》がないし……」

「電波《でんぱ》でやりとりするから、線《せん》はないの。いまは圏外《けんがい》だけど」

「電波《でんぱ》……？　あ、葵《あおい》ちゃん、オカルト信《しん》じるほうなの？　それは助《たす》かるけど」

……なんだか話《はなし》がさっぱりかみあっていない。

「もしかして、ケータイ、見《み》たことないのか……？」

大翔《ひろと》はまさかと思《おも》いつつ、問《と》いかけた。

小夜子《さよこ》はうなずいた。

「わたしの知《し》ってる電話《でんわ》って、黒《くろ》くって、ダイヤルをジーッジーッてまわすやつだもん。知《し》らないあいだに、小《ちい》さくなってたんだねえ、電話《でんわ》……」

しげしげとケータイをながめまわし、カチカチとボタンを連打《れんだ》している。

「………」

大翔《ひろと》たちは顔《かお》を見《み》あわせた。うなずきあった。

「これが田舎《いなか》の生活《せいかつ》ってやつか……」

「ケータイとか、あたりまえと思《おも》ってたわ……」

「ぼくら、文明《ぶんめい》に毒《どく》されてるんだね……」

大翔《ひろと》たちの街《まち》も、べつに都会《とかい》ってほどじゃないけど……それにしたって、いまどきケータイも知《し》らない子《こ》がいるだなんて思《おも》わなかった。さすが、田舎《いなか》だ。

「やっぱり、ネットとかも見《み》ないの？　スマホで遊《あそ》ばないの？」

悠《ゆう》が訊《き》く。デジモノ大好《だいす》きな悠《ゆう》には、ケータイも知《し》らないだなんて、信《しん》じられないらしい。

「ネット？」

小夜子《さよこ》が不思議《ふしぎ》そうに首《くび》をかしげる。

「虫《むし》よけネットのこと？　あんなもの、見《み》てどうするの？」

「インターネットだよ」

「いんたー……？」

「全世界《ぜんせかい》がつながってて、一瞬《いっしゅん》でアクセスできるやつ。無料《むりょう》ゲームとか、実況動画《じっきょうどうが》とか、SNS《エスエヌエス》とか……」

「世界中《せかいじゅう》が、一瞬《いっしゅん》で……？　ふふ。なに、それ。悠《ゆう》くんって、想像力《そうぞうりょく》がゆたかなんだね」

小夜子《さよこ》がくすくすと笑《わら》う。

「作家《さっか》になったらいいよ」

「どうしよう。文化《ぶんか》がちがいすぎる……」

「遊《あそ》びは、ひろくんとは、よくトランプしたよ」

小夜子《さよこ》は、にこっと目《め》を細《ほそ》めて笑《わら》った。

ひろくんというのは、小夜子《さよこ》の幼《おさな》なじみらしい。家《いえ》がとなり同士《どうし》だったのだそうだ。

「わたし、体《からだ》が弱《よわ》くて外《そと》で遊《あそ》べなかったんだけど、ひろくん、一緒《いっしょ》に遊《あそ》んでくれたんだ。それで、幼稚園《ようちえん》のとき、結婚《けっこん》の約束《やくそく》をしたの！　生涯《しょうがい》変《か》わらぬ愛《あい》ってやつを誓《ちか》ったんだよ！」

小夜子《さよこ》はふふんと胸《むね》をそらせる。ひろくん——大翔《ひろと》そっくりらしい少年《しょうねん》の話《はなし》になると、小夜子《さよこ》はうれしそうだ。

「……ふふ。大翔《ひろと》くんを見《み》る限《かぎ》り、約束《やくそく》、やぶられちゃったみたいだけどね！」

そりゃ、幼稚園《ようちえん》のときの約束《やくそく》なんて、ひろくんとやらも覚《おぼ》えてないだろうなぁ……。

「わたし、ずっと病気《びょうき》で体《からだ》が弱《よわ》かったから、友《とも》だちはひろくんだけだったんだ。だからこういうの、ちょっと楽《たの》しいな」

小夜子《さよこ》はいうと、なつかしそうに目《め》を細《ほそ》めた。

「ひろくんに会《あ》いたいなあ。……まあ、もう小夜《さよ》のことなんて、覚《おぼ》えてないだろうけどさ」

「そんな薄情《はくじょう》なやつなのか？」

どれだけ会《あ》ってないか知《し》らないけど、そんなに仲《なか》のよかった友《とも》だちなら、忘《わす》れはしないだろうに。

「じゃあ、脱出《だっしゅつ》したら〝ひろくん〟も一緒《いっしょ》に遊《あそ》ぼうぜ」

「賛成《さんせい》！　そんなに大翔《ひろと》とそっくりだなんて、あたしたちも見《み》てみたいしね」

「みんなで海《うみ》で、〝打《う》ち寄《よ》せる波《なみ》に、いつまで一歩《いっぽ》もゆらがずに、その場《ば》に立《た》っていられるかゲーム〟しようよ！」

「夜《よる》は花火大会《はなびたいかい》だな！」

わいわい話《はな》しながら、歩《ある》いていく。

小夜子《さよこ》は、ちょっと――かなり世間知《せけんし》らずだけど、楽《たの》しいやつだった。

まさか桜ヶ島《さくらがじま》の外《そと》に、鬼《おに》から逃《に》げてる同志《どうし》がいるなんて。

(へへ。仲間《なかま》増《ふ》えたな！)

――そういえば、小夜《さよ》、こっちの島《しま》でなにしてたんだ？　50年以上《ねんいじょう》も前《まえ》に廃村《はいそん》になったっていうのに。

みんなで話《はな》すのが楽《たの》しくて、その質問《しつもん》は、訊《き》きそびれてしまった。

3 虫《むし》とりは命《いのち》がけ！

ミーンミンミンミンミンミンミン……ジー…………

林《はやし》のなかを歩《ある》いていくと、ぽっかりと開《ひら》けた、広場《ひろば》のような場所《ばしょ》にでた。

「うわあ、すっごいなぁ！」

あたりを見《み》まわして、悠《ゆう》が感嘆《かんたん》の声《こえ》をあげる。

広場《ひろば》をかこうようにのびた木々《きぎ》。

その木々《きぎ》に、たくさんの昆虫《こんちゅう》がとりついているのだ。

アブラゼミ。カナブン。コガネムシ。

カミキリムシ、タマムシ、スズムシに、コオロギ、ヒグラシ、ツクツクボウシ。その他《た》いろいろ。

昆虫《こんちゅう》たちは広場《ひろば》の木々《きぎ》にとりつき、樹液《じゅえき》をすすっているようだった。

トンボやアゲハチョウが、ひらひらと飛《と》びまわっている。

草《くさ》のあいだをバッタが跳《は》ね、アリがぞろぞろと行進《こうしん》している。

「これは虫《むし》とりしたいところだね」

悠《ゆう》が虫《むし》とり網《あみ》をブンブンとふりながらいった。ちなみに、悠《ゆう》はゲームアプリの虫《むし》とりは得意《とくい》だけど、ほんとの虫《むし》とりはてんでへたっぴだ。

「ちょっとだけやっちゃう？　鬼《おに》も、近《ちか》くにいないっぽいしさ」

「……ま、あんだけでかい音《おと》だして動《うご》きまわるやつ、いやでもわかるしな」

頭《あたま》のうしろで手《て》を組《く》んで、大翔《ひろと》はうなずいた。

あの、轟音《ごうおん》を立《た》てて木々《きぎ》を破壊《はかい》していた鬼《おに》たち。

おそらく、かなりでっかいやつだろう。時折《ときおり》音《おと》が聞《き》こえてきたので、避《さ》けて歩《ある》いてきた。

遭遇《そうぐう》したらやばいけど、あのうるささなら、警戒《けいかい》していればだいじょうぶのはずだ。

「……ううん。すぐにはなれましょう。このへん、あぶない」

注意深《ちゅういぶか》くあたりを見《み》まわしていた小夜子《さよこ》が、そういって地面《じめん》を指《ゆび》さした。

むきだしの土《つち》。そのところどころに……穴《あな》が開《あ》いているのだ。

大《おお》きさは、2メートルくらい。地面《じめん》が掘《ほ》りおこされ、巨大《きょだい》ななにかが這《は》いだしてきたような穴《あな》が、いくつも開《あ》いている。

「ときどき見《み》かける穴《あな》なんだけど……鬼《おに》のテリトリーなんだと思《おも》う。あの大《おお》きな音《おと》を立《た》てる2匹《ひき》と、この穴《あな》の主《ぬし》。あわせて、わたしは〝3鬼《き》〟って呼《よ》んでる」

小夜子《さよこ》がむずかしい顔《かお》をする。

「穴《あな》の近《ちか》くにはきまって、生《い》き物《もの》の骨《ほね》がたくさんころがってるの。見《み》つかったらマズイわ」

「ひぃぃぃぃ」

悠《ゆう》が青《あお》い顔《かお》でうめく。

「だいじょうぶ。いまここにはいないみたい。はやくはなれましょ」

全員《ぜんいん》うなずき、広場《ひろば》に背《せ》をむけた。

と、トンボが1匹《ぴき》、スイスイッと宙《ちゅう》を飛《と》んできた。

手《て》のひらくらいのサイズもある、大《おお》きなトンボだ。

くるくると子供《こども》たちのまわりを飛《と》びまわると、悠《ゆう》の肩《かた》に止《と》まって、

――ガブッ

「――いたっ！」

悠《ゆう》がわめいた。……咬《か》まれたみたいだ。

「このーっ！」

ぶんぶんと肩《かた》を払《はら》って、トンボを追《お》っ払《ぱら》う。トンボはスイスイ逃《に》げるように飛《と》んでいった。

「いてて……」

「悠《ゆう》、昆虫《こんちゅう》にまでなめられてるんじゃないの？」

「昆虫《こんちゅう》にまでって、なんだよう。ちょっと咬《か》まれただけ……わっ」

飛《と》びまわっていたトンボが数匹《すうひき》、くるくる悠《ゆう》のまわりを旋回《せんかい》した。肩《かた》に、腕《うで》に止《と》まった。

――ガブガブッ

「いたっ！　いたたたたっ！」

悠《ゆう》が走《はし》りまわる。ぶんぶんと体《からだ》をふって、トンボをふり払《はら》う。

「ほら、やっぱりなめられてる。トンボになめられるなんて、むしろすごいわよ。悠《ゆう》」

「お、おい……。そういう場合《ばあい》か？」

トンボはつぎつぎに飛来《ひらい》してきている。人間《にんげん》から逃《に》げることはあっても、むかってくるトンボなんてはじめて見《み》た。

「悠《ゆう》、おちつけ。いま、とってやるから！」

大翔《ひろと》は虫《むし》とり網《あみ》をかまえて、あわてて走《はし》り寄《よ》った。

――ガツンッ

肩《かた》に衝撃《しょうげき》を受《う》けた。

「ってえっ！」

虫《むし》とり網《あみ》をとりおとす。左肩《ひだりかた》を押《お》さえた。なにか、石《いし》でもぶつけられたみたいだ。

「だ、だれだっ……!?」

呼《よ》びかけ、周囲《しゅうい》を見《み》まわすが……だれもいない。

葵《あおい》と章吾《しょうご》と小夜子《さよこ》が、不思議《ふしぎ》そうに見《み》かえしてくる。

「どうした？　大翔《ひろと》」

「いや、なんでもな……うぐっ！」

腹《はら》と胸《むね》に、同時《どうじ》に衝撃《しょうげき》を受《う》けた。息《いき》がつまった。

やっぱり、なにかいる！

大翔《ひろと》は、ばっとふりかえった。

……視界《しかい》に飛《と》びこんだのは、立《た》ちならんだ木々《きぎ》にとりついている、大量《たいりょう》のコガネムシだった。

光沢《こうたく》のあるエメラルド色《いろ》の体《からだ》の、小《ち》さな虫《むし》だ。まるみのある硬《かた》い殻《から》が、宝石《ほうせき》みたいに光《ひか》っている。

見《み》る間《ま》に、何匹《なんびき》かがクルッと体《からだ》をまるめた。

木《き》から飛《と》びたち、弾丸《だんがん》のように——降《ふ》りそそいできた。

ビュビュビュッ——

「う、うわああっ！」

大翔《ひろと》はとっさに顔《かお》をガードした。

腕《うで》に、ガツガツッガツッとコガネムシがぶちあたる。まるきり、小石《こいし》を投《な》げつけられてるみたいだ。

ビュビュビュビュビュッ——

第《だい》二波《は》。

「くっ！」

大翔《ひろと》はとっさに地面《じめん》を蹴《け》って、身《み》を投《な》げだした。一瞬前《いっしゅんまえ》までいた地面《じめん》を、弾丸《だんがん》と化《か》したコガネムシが撃《う》ち抜《ぬ》く。

「な、なんだ、これ――！」

「大翔《ひろと》、よけてろよ！」

章吾《しょうご》が飛《と》びこんできた。

五月雨《さみだれ》のようなコガネムシ弾丸《だんがん》へ手《て》をのばし、がしりと一《ひと》つキャッチした。章吾《しょうご》の右手《みぎて》で、コガネムシがギチギチと脚《あし》を動《うご》かす。

さらに飛《と》びまわるトンボの群《む》れに、２本指《ほんゆび》を立《た》てて左手《ひだりて》をのばした。羽《はね》を指《ゆび》のあいだに押《お》さえてとらえた。トンボがパタパタと羽《はね》を動《うご》かしてもがく。

章吾《しょうご》は両手《りょうて》の昆虫《こんちゅう》をまじまじ見《み》やると、舌打《したう》ちした。

「……ツノが生《は》えてやがるぜ、この虫《むし》たち」

あたりを見《み》まわす。木々《きぎ》にとりついた無数《むすう》の昆虫《こんちゅう》を注意深《ちゅういぶか》く見《み》やり……つぶやいた。

「ていうかこいつら全部《ぜんぶ》、ツノ生《は》えてるわ。……鬼昆虫《おにこんちゅう》ってか」

ぽつりと、つけくわえた。

「……桜井《さくらい》、虫《むし》とりするか？」

「これ虫《むし》とりじゃなくて虫《むし》とられじゃないかぁっ！」

トンボから逃《に》げまわりながら、悠《ゆう》がわめいた。

同時《どうじ》に、広場《ひろば》の木々《きぎ》に群《むら》がっていた昆虫《こんちゅう》たちが、いっせいにブウンと飛《と》びたった。
100、200……数《かぞ》えきれない。空《そら》が昆虫《こんちゅう》におおわれる。
「み、みんな、逃《に》げ――うわっ！」

大翔《ひろと》はあわてて頭《あたま》をさげた。

大量《たいりょう》のコガネムシが頭上《ずじょう》を突《つ》っきり、木《き》の幹《みき》に激突《げきとつ》する。

「みんな、態勢《たいせい》を――」

いいきるヒマなく、ころがってよけた。カナブンとタマムシが地面《じめん》に激突《げきとつ》してまるまっている。まるきりいっせい射撃《しゃげき》だ。しゃべるヒマもない。

ポケットからケータイがころがりおちた。大翔《ひろと》は反射的《はんしゃてき》に手《て》をのばした。


ゾロゾロゾロゾロゾロ……

あっという間《ま》だった。大翔《ひろと》がつかむ前《まえ》に、大量《たいりょう》の黒《くろ》い点《てん》がケータイに群《むら》がってきた。

ツノが生《は》えた……小《ちい》さなアリだ。ケータイにとりつき、

ガジガジガジガジガジガジガジガジガジガジ……


あごを開《ひら》いてプラスチックをかみちぎっている。電子回路《でんしかいろ》をひきちぎる。

あっという間《ま》に、大翔《ひろと》のケータイはバラバラになった。アリたちは部品《ぶひん》を一《ひと》つ一《ひと》つ脚《あし》でかかえて、ぞろぞろと行列《ぎょうれつ》を作《つく》って移動《いどう》していく。

大翔《ひろと》は昔《むかし》、昆虫図鑑《こんちゅうずかん》で読《よ》んだ記述《きじゅつ》を思《おも》いだした。

アリ。肉食《にくしょく》。

エサを見《み》つけると、きりきざんでバラバラにし、巣穴《すあな》に持《も》ち帰《かえ》る。

貯蔵《ちょぞう》のため、動《うご》けなくなったエモノを生《い》きたまま運《はこ》び、数週間《すうしゅうかん》かけて食《た》べることもある。

ゾロゾロゾロ……

「うっ……？」

見《み》おろすと、アリが行列《ぎょうれつ》を作《つく》って大翔《ひろと》の靴《くつ》にとりついていた。

ゾロゾロゾロゾロゾロゾロゾロゾロゾロゾロゾロゾロゾロ……

よじのぼってくる。靴《くつ》。靴下《くつした》。くるぶし。ひざ。

――ガブッガブッ
「うっわああっ！」

あごを突《つ》きたてられ、足《あし》から痛《いた》みが走《はし》った。米粒《こめつぶ》みたいに小《ちい》さいくせに、すごい力《ちから》だ。

大翔《ひろと》は自分《じぶん》の体《からだ》が、アリの巣穴《すあな》に持《も》ち帰《かえ》られるところを想像《そうぞう》した。なにも見《み》えない、聞《き》こえない、真《ま》っ暗《くら》な穴《あな》のなかだ。そこでゆっくりと生《い》きたまま、体中《からだじゅう》の肉《にく》を食《く》いちぎられていく……。

「じょ、冗談《じょうだん》じゃねえっ！」

大翔《ひろと》は足《あし》をぶんぶんとふって、アリたちをふり払《はら》った。なおのぼってこようとするアリを手《て》で払《はら》う。

アリたちは払《はら》われてもつぶれてもおかまいなく、ぞろぞろとむかってくる。まるで死《し》を恐《おそ》れぬ不死身《ふじみ》の軍隊《ぐんたい》みたいに。

「きゃああっ！」

葵《あおい》の悲鳴《ひめい》がひびいた。

あわててふりむくと、葵《あおい》がへなへなと地面《じめん》にへたりこんでいた。

その前《まえ》に立《た》っているのは……カマキリなんだろう、たぶん。大翔《ひろと》はまた昆虫図鑑《こんちゅうずかん》の記述《きじゅつ》を記憶《きおく》からひっぱりだした。

カマキリ。鎌状《かまじょう》に変化《へんか》した前脚《まえあし》でエモノを押《お》さえつけ、大《おお》あごでかじって食《た》べる肉食昆虫《にくしょくこんちゅう》。体長《たいちょう》は数《すう》センチ。

……でかい。

葵《あおい》の前《まえ》に立《た》つカマキリは、大翔《ひろと》たちとそう変《か》わらないサイズだった。鎌状《かまじょう》の前脚《まえあし》。その前脚《まえあし》に、なぜかさらに草刈《くさか》り鎌《がま》を持《も》って武装《ぶそう》している。それじゃもう、カマキリじゃなくて、カマカマキリじゃねえか。大翔《ひろと》は心《こころ》のなかで突《つ》っこむ。

巨大《きょだい》カマキリが、草刈《くさか》り鎌《がま》をふりあげた。

「逃《に》げろっ！　葵《あおい》っ！」

葵《あおい》は腰《こし》が抜《ぬ》けたのか、動《うご》かない。虫《むし》が苦手《にがて》なのだ、葵《あおい》は。

大翔《ひろと》は鬼《おに》アリたちをふり払《はら》い、地面《じめん》を蹴《け》った。

ガキンッ

間一髪《かんいっぱつ》。ふりおろされた草刈《くさか》り鎌《がま》を、石斧《いしおの》の先《さき》で受《う》けた。

巨大《きょだい》な緑色《みどりいろ》の複眼《ふくがん》が、なんだこいつ、というように大翔《ひろと》をにらんだ。近《ちか》くで見《み》るとさらに不気味《ぶきみ》だ。

カマキリが両脚《りょうあし》を持《も》ちあげた。二刀流《にとうりゅう》。大翔《ひろと》はあわてて石斧《いしおの》をかまえた。

ガキンッ！　ガキンッ！　ガキンッ！


石《いし》がくるくると宙《ちゅう》を舞《ま》った。石斧《いしおの》が取《と》っ手《て》から切断《せつだん》されたのだ。

鬼《おに》カマキリが、両脚《りょうあし》の草刈《くさか》り鎌《がま》をクルクルッと得意気《とくいげ》にまわす。

丸腰《まるごし》になった大翔《ひろと》に、ふたたび鎌《かま》をふりあげた。

「――カマキリ剣士《けんし》かよ。冗談《じょうだん》きついぜ！」

章吾《しょうご》が脇《わき》から飛《と》びこんだ。こちらは、石斧《いしおの》とナイフの二刀流《にとうりゅう》。むきなおった鬼《おに》カマキリに、X字《エックスじ》にくりだす。こんどは草刈《くさか》り鎌《がま》が２本《ほん》、宙《ちゅう》を舞《ま》った。

「さあ、まだやるかよ？　虫《むし》にゃ負《ま》けねえぞ？」

章吾《しょうご》がかまえる。草刈《くさか》り鎌《がま》を失《うしな》ったカマキリは、スタコラと逃《に》げていった。

だが、すぐにまたべつのカマキリが姿《すがた》をあらわす。

「キリがねえぞ、大翔《ひろと》！　どうすんだ！」

「うわあああぁんっ！　なんとかしてよぉっ！」

悠《ゆう》が走《はし》りまわりながら、ブンブンと虫とり網《あみ》をふるっている。鬼《おに》トンボや鬼《おに》コガネムシや鬼《おに》ゼミや鬼《おに》なんとかが、つぎつぎ網《あみ》にひっかかる。すぐにはいりきらなくなる。

……ギッチギッチギッチギッチ！　ギッチギッチギッチ!!

ミンミンミーンミン！　ミンミンミーンミン………!!

「こんな昆虫採集《こんちゅうさいしゅう》、いやだようううっ！」

「あ、あれよ、あれ……。ええと、あれを使《つか》うの！　大翔《ひろと》！　あれよ！」

てんでわかんねえぞ、葵《あおい》。苦手《にがて》な虫《むし》に、めずらしくパニクってるみたいだ。

「あれよ！　でがけにもらったじゃない！」

「でがけに………そうかっ！」

ようやく、わかった。大翔《ひろと》はいそいでデイパックを背中《せなか》からおろした。

ふたを開《あ》け、ごそごそとなかをさぐる。奥《おく》のほうにいれておいたはずだ――

──シュシュッ

どこからかのびてきた糸《いと》が、右腕《みぎうで》に絡《から》みついた。

思《おも》わず首《くび》をめぐらせると……木《き》の上《うえ》に大《おお》きなクモがいた。鬼《おに》グモだ。腹《はら》から糸《いと》を噴《ふ》きだして、大翔《ひろと》の腕《うで》に巻《ま》きつけている。


──シュシュシュシュッ！


「うわああっ！」

左手首《ひだりてくび》にも絡《から》みつく。両腕《りょううで》を無理《むり》やり持《も》ちあげられ、デイパックが地面《じめん》におちた。

「くそっ！　……は、はなせぇっ……！」

大翔《ひろと》はもがくが、鬼《おに》グモの糸《いと》は丈夫《じょうぶ》だった。細《ほそ》いのに、まるできれない。

鬼《おに》グモが糸《いと》を枝《えだ》に巻《ま》きつけ、ひっぱった。大翔《ひろと》の体《からだ》が地面《じめん》からつりあげられていく。大《ひろ》翔《と》はもがいた。
「く、くそっ……おっ！」
なんとか足《あし》で、デイパックをひき寄《よ》せようとするが、
──シュシュシュッ！
……その足首《あしくび》にも、糸《いと》が絡《から》みついた。
こなれた感《かん》じでグルグルと、鬼《おに》グモが大翔《ひろと》の足《あし》をむすびあげる。まるで裁縫《さいほう》みたいに。
腕《うで》も足《あし》も、びくともできなくなった。
……ぶらぁぁ────ん……
動《うご》けなくなった大翔《ひろと》の眼前《がんぜん》に、鬼《おに》グモが糸《いと》をひいてすべるようにおりてきた。
毛《け》むくじゃらの８本《ぽん》の脚《あし》。ビーズみたいな目《め》で、こちらを見《み》つめている。

口《くち》を開《あ》けた。針《はり》のように小《ちい》さな牙《きば》が生《は》えている。

クモ。肉食《にくしょく》。

エモノに糸《いと》を絡《から》めて身動《みうご》きできなくして捕食《ほしょく》することが多《おお》い。

エサの食《た》べかたは、消化液《しょうかえき》をエモノの体内《たいない》に注入《ちゅうにゅう》し、内側《うちがわ》から溶《と》かしてからのみこむ体《たい》外消化《がいしょうか》。

……思《おも》いだしたくもない知識《ちしき》が、正確《せいかく》に頭《あたま》にうかんでくる。

「や、べえ……」

章吾《しょうご》には鬼《おに》カマキリが群《むら》がっている。悠《ゆう》は鬼《おに》トンボから、葵《あおい》は大量《たいりょう》のチョウから悲鳴《ひめい》をあげながら逃《に》げまわっている。血《ち》のように真《ま》っ赤《か》な吸血《きゅうけつ》チョウだ。

「ちく、しょう……」

糸《いと》にからめとられ、体《からだ》を動《うご》かせない。文字《もじ》どおり、手《て》も足《あし》もでない。枝《えだ》からつりさげられ、ぶらぶらゆれるだけだ。

鬼《おに》グモが大翔《ひろと》にとりついた。顔《かお》をそむける大翔《ひろと》の首《くび》すじに、牙《きば》を立《た》てた。ガブリ。

ジュウジュウ。……消化液《しょうかえき》が注《そそ》ぎこまれていく。ゆっくりと、ゆっくりと、大翔《ひろと》の体《からだ》が体内《たいない》から溶《と》かされていく。

ちくしょう……まさか、クモに喰《く》われてゲームオーバーだなんて……。

「大翔《ひろと》くんっ！　あきらめちゃだめ！」

小夜子《さよこ》のさけびに、はっとした。

顔《かお》をあげると、小夜子《さよこ》が虫《むし》から逃《のが》れ、こっちへ走《はし》ってくるところだった。

「いま助《たす》けるからっ！」

「デイパックを開《あ》けてくれっ！」

大翔《ひろと》はさけんだ。

小夜子《さよこ》がうなずき、飛《と》びこむように地面《じめん》をさらった。おちたデイパックをとりあげる。

クモが気《き》づいてうしろをふりかえった。小夜子《さよこ》をみとめると、またうしろをむき、体《からだ》を持《も》ちあげた。クモは腹部《ふくぶ》の後端《こうたん》から糸《いと》をだすのだ。

必死《ひっし》にデイパックのなかをさぐる小夜子《さよこ》にむけて、糸《いと》を――

――ガツンッ！

だしかけた鬼《おに》グモ目《め》がけて、大翔《ひろと》は勢《いきお》いつけてヘッドバットをたたきこんだ。小気味《こきみ》よい音《おと》とともに、鬼《おに》グモがひっくりかえる。

「それ！　小夜《さよ》ちゃん、その缶《かん》を！」

小夜子《さよこ》がとりだしたものを見《み》て、葵《あおい》がさけんだ。

「3、2、1で、めいっぱい噴射《ふんしゃ》してっ！　みんな、息《いき》をすって！　はい、止《と》めて！　そのまま止《と》めててっ！　3、2、1、」

小夜子《さよこ》が缶《かん》をかまえた。

ラベルには、『むしむしコロリ』。じいちゃんからもらった虫《むし》よけスプレーだ。銃《じゅう》みたいに両手《りょうて》でささえると、レバーに指《ゆび》をかけ——一気《いっき》にひいた。

ブシュウウウウウウウウッ

白《しろ》い噴霧《ふんむ》が、チョウをのみこんだ。トンボをのみこんだ。コガネムシをのみこんだ。クモをのみこんだ。

小夜子《さよこ》は円状《えんじょう》に、そこらじゅうに煙《けむり》を噴射《ふんしゃ》している。大翔《ひろと》たちは全員《ぜんいん》、息《いき》を止《と》めて目《め》をつぶっている。


ギッチギッチギッチ！　ギッチギッチギッチ!!

ミンミンミーン！　ミンミンミーン!!

ガチャガチャガッチャ！　ガチャガチャガッチャ!!


効果《こうか》はてきめんだった。

群《むら》がっていた吸血《きゅうけつ》チョウと鬼《おに》トンボが、あわてたようにひらひらと逃《に》げていく。コガネムシたちがぽとぽとと地面《じめん》におちた。カマキリが鎌《かま》をとりおとし、スタコラ逃《に》げていく。クモが糸《いと》をそそくさと巻《ま》きとり、すうっと上《うえ》へひっこんでいった。群《むら》がっていたアリたちが、まわれ右《みぎ》して巣《す》にもどっていく。

なんだこのスプレー。

じいちゃん、どこで買《か》ったんだよ、これ。兵器《へいき》かよ。

「よ、よし。みんな、いまのうちだっ！」

糸《いと》から解放《かいほう》されると、大翔《ひろと》は首《くび》を押《お》さえた。だいじょうぶ。消化液《しょうかえき》はまだほとんど注入《ちゅうにゅう》されてない。

逃《に》げなきゃ。スプレーはすぐにつきてしまう。そしたらもう、どうしようもない。

「走《はし》れ！　もときた道《みち》をもどるんだ！」

大翔《ひろと》たちは広場《ひろば》に背《せ》をむけ、全速力《ぜんそくりょく》で走《はし》りはじめた。

遠《とお》ざかっていた虫《むし》たちが、またわらわらと集《あつ》まってくる気配《けはい》。追《お》いつかれたら終《お》わりだ。

雑木林《ぞうきばやし》のなかを、全力《ぜんりょく》でかける。

ズガガガガガガガガガガガッ！

と、後方《こうほう》から、あの轟音《ごうおん》がひびきわたってきた。

近《ちか》い。すぐそこだった。鬼昆虫《おにこんちゅう》たちとやりあってるあいだに、近《ちか》づいてきていたんだ。

真《ま》っ黒《くろ》い影《かげ》がさした。太陽《たいよう》が遮《さえぎ》られたのだ。
大翔《ひろと》は思《おも》わずうしろをふりかえった。青《あお》ざめた。
「う、嘘《うそ》だろ……」
見《み》あげるほど巨大《きょだい》なこげ茶色《ちゃいろ》の体《からだ》には……なじみがあった。
先端《せんたん》でY《ワイ》の字形《じがた》にわかれた、巨大《きょだい》な一本《いっぽん》ヅノにもなじみがあった。
……だって、よくとったもん。夏休《なつやす》みに。
それは見《み》あげるほどに大《おお》きな……カブトムシだった。
コウチュウ目《もく》・コガネムシ科《か》・カブトムシ亜科《あか》・真性《しんせい》カブトムシ族《ぞく》。
大《おお》きさは3センチから5センチ。
……こいつはその、数百倍《すうひゃくばい》はある。

ズガガガガガガガガガガガガガガガガガガガッ！

ツノで木々《きぎ》をつぎつぎになぎたおしながら追《お》ってくる。ほとんど重戦車《じゅうせんしゃ》だった。あれじゃ建物《たてもの》もぶっこわされるはずだ。

あんなのに体当《たいあ》たりされたら、地球《ちきゅう》の果《は》てまでぶっ飛《と》ばされちまう。

「ま、前《まえ》からもくるよおっ！」

悠《ゆう》が悲鳴《ひめい》をあげた。大翔《ひろと》はふりむいた。

後《うし》ろ脚《あし》で立《た》ちあがったその姿《すがた》にも、大翔《ひろと》はなじみがあった。

……クワガタムシだった。

こいつも見《み》あげるほどの巨体《きょたい》。二叉《ふたまた》にわかれた大《おお》きなあごは、内側《うちがわ》がギザギザ。ノコギリクワガタだ。

その巨大《きょだい》なあごで、生《は》えた木《き》をはさんだ。


ジャキンッ!!

木《き》が一瞬《いっしゅん》にして、きりたおされた。メリメリと音《おと》を立《た》てて、地面《じめん》にたおれる。ハサミでマッチ棒《ぼう》でもきるように、林《はやし》の木々《きぎ》をきりたおす。

あんなものにはさまれたら、大翔《ひろと》たちの体《からだ》なんて一瞬《いっしゅん》で両断《りょうだん》だ。

ズガガガガガガッ！　ズガガガガガガッ……。

巨大鬼《きょだいおに》カブトが木々《きぎ》をなぎたおしながらやってくると……大翔《ひろと》たちの背後《はいご》で止《と》まった。

ジャキンッ！　ジャキンッ！　ジャキン……。

巨大鬼《きょだいおに》クワガタが木々《きぎ》を切断《せつだん》しながらやってくると……大翔《ひろと》たちの前《まえ》で止《と》まった。

前後《ぜんご》をはさまれた。大翔《ひろと》たちをあいだにはさんで、２匹《ひき》の超巨大鬼《ちょうきょだいおに》がじっと様子《ようす》をうかがっている。

大翔《ひろと》たちは背中《せなか》あわせになり、ぼうぜんと鬼《おに》たちを見《み》あげた。

万事休《ばんじきゅう》すだ。どうしようもない。これじゃ、虫《むし》は自分《じぶん》たちのほうだ。

巨大鬼《きょだいおに》カブトが、ツノをさげた。飛《と》びかかろうとかまえた。

巨大鬼《きょだいおに》クワガタが、あごを開《ひら》いた。飛《と》びかかろうとかまえた。

大翔《ひろと》は、ぎゅっと目《め》をつぶった。


ドガッッッッッッッッッッッッッッッッ!!


地面《じめん》がはげしくゆれた。大翔《ひろと》はすっころんだ。

だが、生《い》きている。

ツノに吹《ふ》っ飛《と》ばされても、あごに切断《せつだん》されてもいない。

おそるおそる目《め》を開《あ》けた。

眼前《がんぜん》でくりひろげられていた光景《こうけい》はひどかった。

巨大鬼《きょだいおに》カブトと巨大鬼《きょだいおに》クワガタが――とっくみあっているのだ。

カブトがクワガタへ一本《いっぽん》ヅノを食《く》らわせている。クワガタが負《ま》けじとカブトの体《からだ》をあごではさみこんでいる。

「ひ、ヒロト……。む、昔《むかし》、いってたよね……」

青《あお》ざめた顔《かお》で2匹《ひき》を見《み》あげながら、悠《ゆう》がぽつりとつぶやいた。

「カブト対《たい》クワガタの夢《ゆめ》の対決《たいけつ》、見《み》てみたいよな、って……。よ、よかったね、見《み》られて……」

いいわけねえだろ。サイズがひどすぎる。


ズガッ！　ズガッ！　ズガガァッ！

ジャキッ！　ジャキッ！　ジャキィッ！


2匹《ひき》がどつきあいをはじめた。もうめちゃくちゃだ。

ずしんずしんと地面《じめん》が波打《なみう》つようにゆれる。立《た》っていられないくらいだ。

「逃《に》げろ！　つぶされるぞっ！」

2匹《ひき》の足《あし》もとから這《は》いだすように逃《に》げる。

「きゃあっ！」

悲鳴《ひめい》にふりかえると、小夜子《さよこ》がころんでいた。

急斜面《きゅうしゃめん》。はげしいゆれに地面《じめん》が崩《くず》れて、木《き》と土《つち》ごと崖下《がけした》へおちていく。地《じ》すべりだ。

小夜子《さよこ》は崩落《ほうらく》に巻《ま》きこまれ、斜面《しゃめん》の上《うえ》をずりずりとすべりおちていく。

「マズイっ！」

大翔《ひろと》は思《おも》わず飛《と》びだした。腕《うで》をのばして、小夜子《さよこ》の手《て》をつかむ。ひやりと冷《つめ》たかった。

「大翔《ひろと》くん……っ」

「は、はやくっ。こっちへ！　あがってくるんだ！」

小夜子《さよこ》が斜面《しゃめん》をのぼろうともがく。

だが、地面《じめん》の崩《くず》れのほうがはやかった。体《からだ》の下《した》の土《つち》が、どんどん崩《くず》れてなくなっていく。

──ふっ
と、影《かげ》がさした。

とっさに、大翔《ひろと》は地面《じめん》を蹴《け》った。両腕《りょううで》をのばして小夜子《さよこ》を抱《だ》きかかえ、思《おも》いきり跳《と》んだ。

世界《せかい》がゆれた。巨大鬼《きょだいおに》カブトか巨大鬼《きょだいおに》クワガタか──どちらかが地面《じめん》に投《な》げ飛《と》ばされたのだ。

もう上《うえ》と下《した》もわからない。地面《じめん》が崩《くず》れていく。大翔《ひろと》は小夜子《さよこ》を抱《だ》きしめたまま、斜面《しゃめん》をころがりおちていく。
遠《とお》くなっていく意識《いしき》のすみっこで思《おも》った。
そりゃあ、気《き》になった。
（……結局《けっきょく》、どっちが勝《か》ったのかな？　カブト対《たい》クワガタ……）

4 地《じ》獄《ごく》島《じま》サバイバル生《せい》活《かつ》

1

夜《よる》になった。

しばらく歩《ある》いていくと、せせらぎの音《おと》が聞《き》こえてきた。

小川《おがわ》が流《なが》れているのだ。月明《つきあ》かりを反射《はんしゃ》して、水面《すいめん》がきらりと光《ひか》った。

大翔《ひろと》は屈《かが》みこむと、流《なが》れる水《みず》に手《て》をひたした。ひんやりと冷《つめ》たくて、気持《きも》ちいい。

水《みず》をすくって、少《すこ》しだけ口《くち》にふくんだ。がぶのみしたいのをガマンして、軽《かる》く口《くち》をゆすぎ、地面《じめん》に吐《は》きだす。しばらく待《ま》った。

舌《した》がピリピリしたり、しびれたりはしなかった。のんでもだいじょうぶだろう、たぶん。

大翔《ひろと》は両手《りょうて》で水《みず》をすくうと、ゴクゴクとのんだ。冷《つめ》たい。すげぇうまい。

バシャバシャと顔《かお》を洗《あら》った。汗《あせ》だくの頭《あたま》にぶっかけた。

意識《いしき》がしゃん、とした。

デイパックを川原《かわら》におき、靴《くつ》と靴下《くつした》を脱《ぬ》いで、小川《おがわ》に踏《ふ》みこむ。ひんやり。すごく気持《きも》ちいい。

もうガマンできず、シャツとズボンとパンツも脱《ぬ》いで、飛《と》びこんだ。気《き》っ持《も》ちいい！

ぐったりしていた体《からだ》に、力《ちから》がみなぎってくる。生《い》きかえったみたいだ。

「……ぜってぇ、死《し》んだと思《おも》ったもんなぁ……」

大翔《ひろと》は深《ふか》く息《いき》を吐《は》いて、小川《おがわ》にだらりと仰《あお》むけになった。

悠《ゆう》たちとははぐれてしまったが、あんなところからなだれおちて大翔《ひろと》も小夜子《さよこ》もケガ一《ひと》つしなかったのは幸運《こううん》だった。

仰《あお》むけになって見《み》あげると、遮《さえぎ》るものがなにもない空《そら》に、まんまるな月《つき》と星《ほし》がうかんでいる。

これで空《そら》が赤《あか》くなければ、キャンプにでもきてるみたいだったのに。

流《なが》れる水《みず》の音《おと》。聞《き》こえてくるスズムシの声《こえ》。

なんだか不思議《ふしぎ》と、大翔《ひろと》はおちついていた。

いつ鬼《おに》におそわれるかわからないのに、くるならきやがれって気分《きぶん》だ。自然《しぜん》のなかにいると、人間《にんげん》も、野性《やせい》にもどってしまうんだろうか。

悠《ゆう》たちのことが心配《しんぱい》だった。でも暗《くら》いなか、へたにさがして歩《ある》きまわるのは危険《きけん》だ。むこうには章吾《しょうご》がついている。あいつがいるなら、心配《しんぱい》ないはずだ。

夜《よ》が明《あ》けてみんなと合流《ごうりゅう》するまで、こっちはおれがなんとかしなくっちゃ。だいじょうぶ。やれるはずだ。

「おっしゃあああっ！」

……大自然《だいしぜん》のカイホー感《かん》ってやつかもしれない。

なぜだか大翔《ひろと》は妙《みょう》にテンションがあがって、小川《おがわ》でバシャバシャおよぎはじめた。

「……うし！　さっぱりしたぁ！　復活《ふっかつ》！」

小川《おがわ》からあがると、大翔《ひろと》は行動《こうどう》を開始《かいし》した。力《ちから》がみなぎる。生《う》まれ変《か》わったみたいに元《げん》気《き》がでた。

泥《どろ》だらけになったシャツとズボンを、小川《おがわ》でゆすぐ。ぎゅうぎゅうと絞《しぼ》ると、パンパンとしわをのばして、手近《てぢか》な木《き》の枝《えだ》にひっかけた。パンツだけは穿《は》いた。紳士《しんし》だからだ。

デイパックから水筒《すいとう》をとりだし、水《みず》をくむ。サバイバルで一番大切《いちばんたいせつ》なのは飲《の》み水《みず》の確保《かくほ》だって、昔《むかし》テレビで見《み》たことがある。

「問題《もんだい》は、メシだよなぁ……」

ぐうぐう、と腹《はら》が鳴《な》っている。じいちゃん、いろいろくれたけど、食《た》べられるものはなにもなかったのだ。食料《しょくりょう》の確保《かくほ》が必要《ひつよう》だった。

「カレーにハンバーグに寿司《すし》、天《てん》ぷら……なんてわけにはいかないもんなぁ……」

ついさっきまで大自然最高《だいしぜんさいこう》！　なんて思《おも》っていたのに、あっという間《ま》に文明《ぶんめい》が恋《こい》しくなってきた。母《かあ》さんの作《つく》ってくれる、ほかほかのごはんを思《おも》いだす。大翔《ひろと》の好《す》きなシチュー。ぐつぐつと煮《に》える音《おと》。あたたかい湯気《ゆげ》。よそってくれる、母《かあ》さんの手《て》……。

「ノー・ホームシック！　ノー・ホームシック！　しっかりしろ！　大場大翔《おおばひろと》！　おれは

いま、サバイバーなんだ！」

頭《あたま》をブルブルとふる大翔《ひろと》の脇《わき》を、なんだこいつ？　とでもいいたげに、鳥《とり》がパタパタ飛《と》んでった。

「なけりゃ作《つく》ればいいだけだ！　見《み》てろっ！　大場大翔《おおばひろと》の大自然自炊《だいしぜんじすい》っ！」

バシャンとまた顔《かお》に水《みず》をぶっかけて、気合《きあ》いをいれる。メシくらい、自分《じぶん》で作《つく》ってやる。

食料調達《しょくりょうちょうたつ》からだ。

大翔《ひろと》はデイパックからナイフをとりだし、さっそく作業《さぎょう》をはじめた。

まずは、また石斧《いしおの》を作《つく》った。なれたのか、こんどはさっきよりもうまくできた。それから、石斧《いしおの》で竹《たけ》をきりたおした。崖下《がけした》に生《は》えてた竹《たけ》から、細《ほそ》めのやつを選《えら》んだ。

あぐらをかいて座《すわ》りこみ、竹《たけ》からのびた枝《えだ》をナイフでおとしていく。これで、1本《ぽん》の長《なが》い竿《さお》になる。

両手《りょうて》でにぎり、感触《かんしょく》を確認《かくにん》。……よさそうだ。

つぎは、糸《いと》だ。デイパックから、ツル植物《しょくぶつ》をとりだした。

「……ちょっと、太《ふと》いかもなぁ」

ふと、足首《あしくび》に絡《から》みついていた糸《いと》に気《き》がついた。鬼《おに》グモの糸《いと》の切《き》れはしだ。ちょうどいい。いいものをのこしてくれるもんだ、鬼《おに》グモ。喰《く》われかけたけど。

竹《たけ》の先端《せんたん》にナイフで穴《あな》を開《あ》けると、糸《いと》をとおして、しっかりとむすびつけた。ためしに糸《いと》をひいてみると、竹《たけ》がしなった。いい感《かん》じじゃないか？

あとは……金属製《きんぞくせい》のクリップが使《つか》えそうだ。

じいちゃんのメモ書《が》きをはさんでいたのをはずすと、ぐにっとまげてJ《ジェイ》の字形《じがた》にした。

糸《いと》の先《さき》にむすんだ。

しあげに、おもり代《が》わりの小石《こいし》をくくりつけて――完成《かんせい》。

「じゃんっ！　釣《つ》り竿《ざお》っ！」

大翔《ひろと》はできあがった竹《たけ》の釣《つ》り竿《ざお》を掲《かか》げた。

材料《ざいりょう》は、竹《たけ》1本《ぽん》、鬼《おに》グモの糸《いと》1本《ぽん》、クリップ一《ひと》つ、小石一《こいしひと》つ。自然《しぜん》と文明《ぶんめい》と鬼《おに》の恵《めぐ》みの交《ま》ざった、匠《たくみ》の一品《いっぴん》です。母《かあ》さんへのおみやげにしてやろう。

「エサは、と……」

大翔《ひろと》は竹《たけ》の切《き》れはしをスコップ代《が》わりにして、ザクザクと土《つち》を掘《ほ》った。

「いたっ」

ミミズを見《み》つけた。ツノが生《は》えている。鬼《おに》ミミズだ。

小《ちい》さな牙《きば》をむいてのたくっている。気《き》持《も》ち悪《わる》い。が、あの鬼《おに》昆虫《こんちゅう》の群《む》れや鬼《おに》カブトや鬼《おに》クワガタを見《み》たあとだと、どうってことない気《き》がする。

「……鬼《おに》でもミミズはミミズなんだから、だいじょうぶだろ」

つかみあげ、クリップ針《ばり》に刺《さ》した。

小川《おがわ》に投《な》げこんで、しばらく待《ま》つ。釣《つ》りには忍耐《にんたい》が必要《ひつよう》だ。

少《すこ》しすると、竹竿《たけざお》の先端《せんたん》がしなった。

慎重《しんちょう》に、竹竿《たけざお》をひきあげていく。鬼《おに》グモの糸《いと》は丈夫《じょうぶ》で、きれる心配《しんぱい》はなさそうだった。

ビチビチと跳《は》ねながら、魚《さかな》が水面《すいめん》から釣《つ》りあがってきた。中《ちゅう》サイズのヤマメだった。大《ひろ》翔《と》はぴゅいっと口笛《くちぶえ》を吹《ふ》いた。クリップをはずして、平《たい》らな岩《いわ》の上《うえ》においた。

「2人分《ふたりぶん》、釣《つ》らなきゃな」

小夜子《さよこ》は、少《すこ》しはなれた岩陰《いわかげ》にかくれて、大翔《ひろと》が帰《かえ》るのを待《ま》っているはずだ。

またミミズをつけ、クリップ針《ばり》を小川《おがわ》に垂《た》らした。

すぐに反応《はんのう》があった。釣《つ》りあげた。

ガッチガッチガッチガッチガッチガッチ……


……口《くち》をはげしくガッチガッチとかみあわせている謎《なぞ》の魚《さかな》が釣《つ》れた。牙《きば》が生《は》えそろい、目玉《めだま》がやたらでかい。当然《とうぜん》のように、ツノが生《は》えていた。鬼《おに》ザカナだ。

「もう、なんなんだよこの島《しま》は……。鬼《おに》のバーゲンセールかよ……」

大翔《ひろと》は釣《つ》りあげた鬼《おに》ザカナを見《み》て、ため息《いき》を吐《つ》いた。

「食《く》えんのかなぁ？　これ……」

とりあえず、とっておくことにする。ヤマメと一緒《いっしょ》に、岩《いわ》の上《うえ》にならべた。鬼《おに》ザカナは、ガッチガッチガッチ……ひたすら口《くち》を開《あ》け閉《し》めしている。怖《こえ》え。

「で、調理《ちょうり》、か。……焼《や》かねえとだめだよな」

自然《しぜん》の魚《さかな》には寄生虫《きせいちゅう》がいることがあり、生《なま》で食《た》べるのはキケンなのだ。刺身《さしみ》にするわけにはいかない。……おろしかたもわかんないし。

「火《ひ》が必要《ひつよう》だな。……へへっ。楽勝《らくしょう》だぜ」

魚《さかな》が釣《つ》れて、がぜんテンションあがってきた。サバイバルでの火《ひ》のつけかたは、有名《ゆうめい》だ。

以前《いぜん》、マンガで読《よ》んだことがある。

大翔《ひろと》は、丈夫《じょうぶ》そうな木《き》の枝《えだ》を2本《ほん》、折《お》りとってきた。

1本《ぽん》にナイフで小《ち》さくくぼみをつけると、もう1本《ぽん》をはめこむ。

両手《りょうて》のひらで枝《えだ》をつかみ、ぐるぐるとまわす。こうすると、木《き》と木《き》がこすりあわさって、
そのとき発生《はっせい》する……ええっと、マサツ熱《ねつ》で、火《ひ》がつくのだ。

大翔《ひろと》は一心不乱《いっしんふらん》に、木《き》の枝《えだ》をこすりあわせた。

ぐりぐり。

ぐりぐり。

ぐりぐり。

……あれ、つかねえ。

マンガだと、簡単《かんたん》についてたのに。どうしよう……。

「――大翔《ひろと》くーん。だいじょうぶー？」

と、小夜子《さよこ》の声《こえ》がした。

がさがさと草《くさ》むらをかきわける音《おと》が近《ちか》づいてくる。

「なかなかもどってこないから、きちゃったよ。どう？　水《みず》はのめそうだった？　……きゃあっ！」

あらわれた小夜子《さよこ》の声《こえ》は――途中《とちゅう》から悲鳴《ひめい》に変《か》わった。

「どうした!?」

鬼《おに》か!?

大翔《ひろと》はあわてて木《き》の枝《えだ》をほうりだし、弾《はじ》けるように立《た》ちあがった。

油断《ゆだん》なく周囲《しゅうい》をうかがいながら、ダッシュで小夜子《さよこ》にかけ寄《よ》った。

「小夜《さよ》！　だいじょうぶか!?」

「大翔《ひろと》くん、格好《かっこう》！」

パチンッ！

……ぶたれた。なぜに。

そっぽをむいた小夜子《さよこ》が、真《ま》っ赤《か》な顔《かお》でうしろ手《で》に大翔《ひろと》を指《ゆび》さしている。

大翔《ひろと》は思《おも》わず、下《した》をむいた。……大自然《だいしぜん》のカイホー感《かん》モードでした。

「ごごごごめん！　ちょ、ちょっと待《ま》って！」

あわてて、木《き》の枝《えだ》にかけておいたシャツとズボンをひっぺがして着《き》こむ。まだ湿《しめ》りまくっているが、気《き》にしない。

「……もう。女《おんな》の子《こ》が一緒《いっしょ》にいること、忘《わす》れないでよね」

大翔《ひろと》が着替《きが》えおわると、小夜子《さよこ》はため息《いき》を吐《つ》いて近寄《ちかよ》ってきた。

そういう小夜子《さよこ》の服《ふく》は……そういえばちっとも汚《よご》れていない。泥《どろ》なんてついてないし、汗《あせ》一《ひと》つかいていない。

なんでだろ？　一瞬《いっしゅん》、大翔《ひろと》は不思議《ふしぎ》に思《おも》った。

が、小夜子《さよこ》が両手《りょうて》に持《も》ったものを見《み》てすぐに忘《わす》れた。小《ちい》さな赤《あか》い実《み》だ。

「それは？」

「木《き》の実《み》。昔《むかし》、よく食《た》べたの覚《おぼ》えてるの。この島《しま》でしかとれない種類《しゅるい》の実《み》なんだって」

「ふうん……？」

以前《いぜん》からよくこの島《しま》に、遊《あそ》びにきてたのかな？　50年《ねん》以上《いじょう》も前《まえ》に廃村《はいそん》になった島《しま》に、なんの用《よう》で？

「大翔《ひろと》くんだけじゃ、食料《しょくりょう》、見《み》つけられないかと思《おも》って」

「なんだよ。ちゃんととったんだぜ？　ほら」

大翔《ひろと》は、ならべた魚《さかな》を指《ゆび》さした。


ガッチガッチガッチガッチガッチガッチ……


「……鬼《おに》ザカナ。ふつうの魚《さかな》もあるからだいじょうぶだよ。ただ、火《ひ》がつかなくてさ」

「……なに、あれ……」

「マッチとか、ないの？　スプレーさぐってたときに、花火見《はなびみ》たよ」

大翔《ひろと》はあわててデイパックをひっくりかえした。線香花火《せんこうはなび》と一緒《いっしょ》に、ライターがころがりでてきた。

数百円《すうひゃくえん》のライターを、こんなにありがたく感《かん》じるのははじめてだ。文明《ぶんめい》の利器《りき》、バンザイ。

大翔《ひろと》はかけまわって木《き》の枝《えだ》をかき集《あつ》めると、地面《じめん》に組《く》みあげた。

焚《た》き火《び》の基本《きほん》。内側《うちがわ》に小《ちい》さく燃《も》えやすいものを、外側《そとがわ》に大《おお》きく長《なが》く燃《も》えるものを配置《はいち》していく。

小枝《こえだ》にライターで火《ひ》をつけると、慎重《しんちょう》にさしこんだ。

やがて、火《ひ》はゆっくりと燃《も》えひろがりはじめた。いっちょあがり。あとは絶《た》やさないようにに木《き》の枝《えだ》をたしていけばだいじょうぶだ。

小夜子《さよこ》がぱちぱち拍手《はくしゅ》する。

「すごいじゃん、大翔《ひろと》くん。さすが男《おとこ》の子《こ》だね」

「べつにこんくらい、たいしたことないって」

大翔《ひろと》はへへっと鼻《はな》の下《した》をこすった。

……グウウウ

腹《はら》の虫《むし》が盛大《せいだい》に鳴《な》った。

小夜子《さよこ》がクスクスと笑《わら》った。大翔《ひろと》は赤《あか》くなった。

「じゃあ、さっそく焼《や》くぜ！」

ごまかすと、木《き》の枝《えだ》を2本《ほん》、小川《おがわ》で洗《あら》い、手《て》ばやくナイフでとがらせた。

2匹《ひき》の魚《さかな》に刺《さ》して、焚《た》き火《び》の脇《わき》に立《た》てる。これで焼《や》きザカナと、焼《や》き鬼《おに》ザカナになるはずだ。あとは待《ま》つだけだ。

パチッパチッと火《ひ》の音《おと》がひびく。

じっと待《ま》っていると、急《きゅう》にしずけさが気《き》になった。

大翔《ひろと》は、ふと、視線《しせん》を感《かん》じて顔《かお》をむけた。

小夜子《さよこ》がすぐ横《よこ》に座《すわ》りこんでいた。

ひざをかかえて、じいっと、大翔《ひろと》のことを見《み》つめている。

「……ほんとにそっくりだなあ。ひろくんと」

なつかしいものでも見《み》るみたいに、目《め》を細《ほそ》めている。

その瞳《ひとみ》に、大翔《ひろと》はなんだか、どきりとした。

「ど、どんなやつなの？　そいつ」

大翔《ひろと》はあわてて顔《かお》をそらすと、木《き》の実《み》を手《て》にとってかじった。体《からだ》がぼうっと火照《ほて》ってくるのは、きっと焚《た》き火《び》のせいだろう。

「わたし、生《う》まれつき体《からだ》が弱《よわ》かったっていったでしょう？」

ひざをかかえて焚《た》き火《び》を見《み》つめながら、小夜子《さよこ》がつぶやいた。

「生《う》まれたときから、長《なが》くは生《い》きられないって、いわれてたみたい。お医者《いしゃ》さんの見立《みた》てでは……中学生《ちゅうがくせい》には、なれないだろうって」

なんでもないことのようにいう。大翔《ひろと》は息《いき》をのんだ。

「いまの時代《じだい》なら、医学《いがく》も進歩《しんぽ》してそうだけどね。当時《とうじ》は、どうしようもなかったみたいなんだ」

「10年《ねん》ちょっとでけっこう変《か》わるもんな。しかし、適当《てきとう》なことという医者《いしゃ》だな……」

小夜子《さよこ》の顔色《かおいろ》はいいし、昼間《ひるま》は走《はし》りまわっていた。お医者《いしゃ》さんの見立《みた》ては、ハズレたってことだ。大翔《ひろと》や小夜子《さよこ》が生《う》まれたころより、いまは医学《いがく》も進歩《しんぽ》しているんだろう。

「だからね。わたし……友《とも》だち、作《つく》らなかったんだ」

小夜子《さよこ》は、ぽつりといった。

「だって、そうでしょ？　どうせ長《なが》く生《い》きられないなら、友《とも》だち作《つく》ったって悲《かな》しいだけだもの。わたしはみんなみたいに、走《はし》りまわって遊《あそ》ぶこともできない。外《そと》にも出られない。なら、いいや。1人《ひとり》ぼっちで。そう思《おも》ってたの」

「…………」

大翔《ひろと》は木《き》の実《み》をかじるのをやめて、小夜子《さよこ》を見《み》つめた。

人形《にんぎょう》みたいにきれいな顔《かお》。三《み》つ編《あ》みの髪《かみ》。きれいな女《おんな》の子《こ》。

「ひろくんはね。そんなわたしを……しかってくれたんだよ」

小夜子《さよこ》は、じっと焚《た》き火《び》をのぞきこんだ。火《ひ》のむこうに、ひろくんがいるみたいに。

「となりの家《いえ》に住《す》んでた、幼《おさな》なじみだったの。よくうちにきて、遊《あそ》んでくれたんだ。よくいわれたの。『おまえ、自分《じぶん》は長生《ながい》きできないっていうけど、医学《いがく》は日々《ひび》進歩《しんぽ》してんだぞ。中学生《ちゅうがくせい》になってから、友《とも》だちおれしかいないって、泣《な》いたっておそいぞ』って」

「そいつのいうとおりだったってわけだ」

いいこというじゃんか、ひろくんとやら。さすが、おれに似《に》てるだけある。

パチパチと焚《た》き火《び》が爆《は》ぜている。香《こう》ばしいにおいがただよってきた。そろそろ、食《た》べごろだ。

大翔《ひろと》はヤマメの串《くし》をつかむと、小夜子《さよこ》にさしだした。

「わたしはいいよ。食《た》べる必要《ひつよう》ないもの」

「遠慮《えんりょ》すんなよ。おれは、こっち食《く》っちゃうから」

小夜子《さよこ》に無理《むり》やり串《くし》をにぎらせると、大翔《ひろと》は焼《や》き鬼《おに》ザカナの串《くし》をつかんだ。

いい具合《ぐあい》に焼《や》けているけど、やっぱり不気味《ぶきみ》だ。目《め》を閉《と》じて、かぶりつく。

見《み》た目《め》に反《はん》して味《あじ》はいい……なんてことを期待《きたい》したけど、マズかった。うげえ、ひどい味《あじ》。あんなに食《く》い意地《いじ》はった鬼《おに》たちが、共食《ともぐ》いしないわけがわかった。鬼《おに》、マズイ。

「ど、どう？　味《あじ》……」

「……うん。なかなかだな。ふわっとしていて、それでいてまろやかで……」

適当《てきとう》にならべたてながら、こらえてガツガツとのどに流《なが》しこむ。食《た》べるんだ。だっておれがマズイなんていったら、小夜《さよ》が遠慮《えんりょ》してヤマメを食《た》べられないじゃないか。

「ほら、小夜《さよ》も食《た》べろよ。木《き》の実《み》だって、食《た》べてないじゃんか」

「……うん」

小夜子《さよこ》はうなずくと、そっとヤマメに口《くち》をつけた。

「うまい？」

「うん、おいしい。……ひろくんにも、よく、もっと食《た》べろっていわれてたっけな」

「正《ただ》しい」

大翔《ひろと》は鬼《おに》ザカナをたいらげると、腹《はら》いっぱい、とおなかをたたいた。

「ひろくん、よく、おにぎり持《も》ってきてくれたんだ。自分《じぶん》がにぎったから、食《た》べろって。元気《げんき》になるおにぎりだからって」

小夜子《さよこ》はうつむいた。

「……病気《びょうき》、だんだん悪《わる》くなっていってね。わたし、だんだん、なにも食《た》べられなくなっていってね。……でも、ひろくんのおにぎりだけは、食《た》べられたんだよね。思《おも》いだすなぁ……」

しゃべりながら、小夜子《さよこ》はぽろぽろと泣《な》きはじめた。大翔《ひろと》はおろおろした。

「お、おい。だいじょうぶか？　泣《な》くなよ……」

「ごめん。ママも、パパも、ひろくんも……だれとも会《あ》えなくなっちゃったから。ひ、人《ひと》と一緒《いっしょ》にごはん食《た》べるのなんて、ひ、ひさしぶりで……っ」

「ほら、いくらでも一緒《いっしょ》に食《く》ってやるから。な？　泣《な》くなよ……」

(たった1人《ひとり》で、鬼《おに》から逃《に》げてきたんだもんな……)

大翔《ひろと》はたった1人《ひとり》になって、それでもがんばれるかわからない。

悠《ゆう》や葵《あおい》や章吾《しょうご》たちがいるから、ピンチもきり抜《ぬ》けてこられた。でも、小夜《さよ》は1人《ひとり》ぼっちだったんだ。

「ごめんね。もうだいじょうぶ。……はあ。1人《ひとり》でもだいじょうぶなつもりだったんだけどなぁ……。やっぱりきつかったみたい。ひろくんの、いったとおりだ」

小夜子《さよこ》は涙《なみだ》をふいて、いたずらげにペロッと舌《した》をだした。

大翔《ひろと》は、なんだか腹《はら》が立《た》ってきた。その、ひろくんってやつに。

そいつは、いま、なにをしてるんだよ。

友《とも》だちなんだろ。小夜《さよ》のこと、1人《ひとり》ぼっちにしやがって。守《まも》ってやれよ。

「おれが、ママとパパと会《あ》わせてやる。ひろくんとも会《あ》わせてやるからさ。……だから、泣《な》くな。な？」

大翔《ひろと》は拳《こぶし》をにぎって、小夜子《さよこ》にうなずいてみせた。

HIRO

「……ありがとう」

小夜子《さよこ》はにっこりと微笑《ほほえ》んだ。

その笑顔《えがお》を見《み》て――大翔《ひろと》はまた、どきりとした。

心臓《しんぞう》が、どくどくと速《はや》く打《う》ちはじめる。どうしちゃったんだろう。

……鬼《おに》ザカナにでも、あたったんだろうか？


寝床《ねどこ》は、岩陰《いわかげ》に作《つく》った。

上《うえ》が屋根《やね》のように突《つ》きだしている場所《ばしょ》で、雨《あめ》が降《ふ》ってもだいじょうぶ。

2人《ふたり》で落《お》ち葉《ば》や、やわらかそうな草《くさ》を集《あつ》めてきて、地面《じめん》に敷《し》いて敷《し》き布団《ぶとん》にした。

「……こうしてると、なんだか新婚《しんこん》さんの初夜《しょや》みたいだねぇ？」

――ぶふへっ！

大翔《ひろと》ははげしくむせた。

真《ま》っ赤《か》になった大翔《ひろと》に小夜子《さよこ》は爆笑《ばくしょう》し、

「冗談《じょうだん》だよ。大翔《ひろと》くん、お子様《こさま》だねぇ」

「お、おまえだってお子様《こさま》だろうがっ」

「同《おな》じお子様《こさま》でも、年季《ねんき》がちがうのだよ。ふっふっふ」

しれっといって、笑《わら》っている。まったく、さっきまで泣《な》いてたくせに……。

「先《さき》に寝《ね》ろよ」

大翔《ひろと》はそっぽをむいた。

「鬼《おに》がこないか、おれ、見張《みは》ってる。交替《こうたい》で見張《みは》りだ。2時間《じかん》経《た》ったら起《お》こすからな」

「えー。一緒《いっしょ》に寝《ね》ないの？　初夜《しょや》なのに」

「さっさと寝《ね》ろってばっ!!」

小夜子《さよこ》はしばらくげらげら笑《わら》っていたが、やがてすやすやと寝息《ねいき》を立《た》てはじめた。

「まったく……。女《おんな》の子《こ》って、ほんと、わけわかんねえよな」

大翔《ひろと》は石斧《いしおの》を手《て》にしたまま、地面《じめん》にあぐらをかいた。寝《ね》ずの番《ばん》だ。小夜子《さよこ》にはああいったけど、一晩《ひとばん》くらい、1人《ひとり》でもだいじょうぶだろう。

「ママ、パパ……」

背中《せなか》から、声《こえ》が聞《き》こえた。

眠《ねむ》りこんだ小夜子《さよこ》が、寝言《ねごと》をもらしている。

「ひろくん……」

……泣《な》いてるみたいだった。

両親《りょうしん》を、友《とも》だちを呼《よ》んで、泣《な》いてる。

やっぱり、女《おんな》の子《こ》、よくわかんねえ。いまのいままで、笑《わら》ってたのに。

大翔《ひろと》は深《ふか》く息《いき》を吐《は》くと、そっと小夜子《さよこ》に近《ちか》づいた。

でも、どうしようもない。大翔《ひろと》は、小夜子《さよこ》のママとパパじゃない。くそ、ひろくんって
やつがいてくれたら。ちくしょう。

「……大翔《ひろと》くん……」

小夜子《さよこ》がつぶやいた。大翔《ひろと》はハッとした。

小夜子《さよこ》は目《め》のはしに涙《なみだ》をうかべたまま、にこりと笑《わら》った。

「ありがとう、大翔《ひろと》くん……」

大翔《ひろと》は頭《あたま》をかいた。

それから、そっと、小夜子《さよこ》の手《て》をにぎった。

「だいじょうぶ。ぜったい、みんなに会《あ》わせてやるから――」

――どきりとした。

冷《つめ》たかったのだ。小夜子《さよこ》の手《て》。

まるで氷《こおり》みたいに、ひやりとした。

そういえば、はじめに抱《だ》きつかれたときも、崖崩《がけくず》れで体《からだ》をかかえたときも、小夜子《さよこ》の体《からだ》は冷《つめ》たかった。

大翔《ひろと》はごくりと息《いき》をのんだ。そのまま、小夜子《さよこ》を見《み》つめていた。

見張《みは》っているはずだったのに。

つかれがたまっていたのか、大翔《ひろと》はそのまま、ずるずると眠《ねむ》りこんでしまった。

2

目《め》を開《あ》けると、あたりはすっかり明《あか》るくなっていた。

突《つ》きだした天井《てんじょう》の岩《いわ》の模様《もよう》が見《み》えている。朝日《あさひ》のまぶしさに、思《おも》わず目《め》を細《ほそ》める。

(いつの間《ま》に眠《ねむ》っちゃってたんだろう……)

見張《みは》りするはずだったのに。情《なさ》けない。

大翔《ひろと》はまぶたをこすろうと、手《て》を持《も》ちあげかけた。

――寸前《すんぜん》で止《と》めたのは、本能《ほんのう》みたいなものだった。

いろんな鬼《おに》から逃《のが》れ、戦《たたか》ってきた経験《けいけん》が、無意識《むいしき》のうちに大翔《ひろと》の体《からだ》を押《お》しとどめたのだ。

大翔《ひろと》は葉《は》っぱの上《うえ》に、仰《あお》むけになって寝《ね》そべっていた。横《よこ》には小夜子《さよこ》もいる。大翔《ひろと》の手《て》をぎゅっとつかんで、寝息《ねいき》を立《た》てている。

視界《しかい》のはしで、なにかが動《うご》く気配《けはい》がしている。

大翔《ひろと》は慎重《しんちょう》に目《め》だけ動《うご》かして、あたりをうかがった。

……岩陰《いわかげ》の脇《わき》の地面《じめん》に、たくさんの穴《あな》が開《あ》いているのに気《き》づいた。

うかつだった。夜《よる》の闇《やみ》で、穴《あな》に気《き》づかなかったんだ。

その穴《あな》の一《ひと》つから上半身《じょうはんしん》を突《つ》きだし、ぼうっとたたずんでいる生《い》き物《もの》がいる。

……モグラだった。

小山《こやま》のような巨体《きょたい》。額《ひたい》から生《は》えたツノ。鬼《おに》モグラだ。

両手《りょうて》に生《は》えたするどい鉤爪《かぎづめ》。その手《て》を地面《じめん》に行儀《ぎょうぎ》よくついて、ぼうっと、なにをするでもなく、突《つ》ったっている。

鼻先《はなさき》から、妙《みょう》な突起《とっき》がでていた。

ひげみたいだ。

密集《みっしゅう》した何十本《なんじゅっぽん》ものひげが、傘《かさ》のように大《おお》きく開《ひら》いて、音《おと》もなくゆらゆらとゆれている。

直感的《ちょっかんてき》に、やばいと思《おも》った。

「……ん。……もう、朝《あさ》……？」

横《よこ》で小夜子《さよこ》が、もぞもぞっと動《うご》いた。

大翔《ひろと》はとっさに右手《みぎて》を動《うご》かし、小夜子《さよこ》の体《からだ》を押《お》さえた。その瞬間《しゅんかん》だった。

鬼《おに》モグラのひげが――ハリガネのように逆《さか》だった。


シュバババババッ!!

……一瞬《いっしゅん》だった。

目《め》の前《まえ》に、鬼《おに》モグラの顔《かお》があった。ほとんど瞬間移動《しゅんかんいどう》みたいな速《はや》さで移動《いどう》してきた。

地面《じめん》に仰《あお》むけになっている、大翔《ひろと》と小夜子《さよこ》。

大翔《ひろと》の腕《うで》にひげを突《つ》きつけ、これはなんだ？　というように首《くび》をかしげている。

目玉《めだま》が見《み》えた。巨体《きょたい》に似《に》あわない、ビーズみたいな小《ちい》さな瞳《ひとみ》だ。

バリボリと口《くち》を動《うご》かしている。なにか食《た》べているみたいだ。骨《ほね》がポロッと口《くち》のはしからころがりおちた。鬼《おに》ザカナの骨《ほね》だ。

鼻先《はなさき》のひげが閉《と》じた。傘《かさ》のように、パタン。

「…………」

大翔《ひろと》は身動《みうご》き一《ひと》つせず、じっと、鬼《おに》モグラを見《み》あげていた。

心臓《しんぞう》が跳《と》びあがるほどおどろいたのは一瞬《いっしゅん》だけだ。冷静《れいせい》に、鬼《おに》モグラを観察《かんさつ》する。章吾《しょうご》も葵《あおい》も悠《ゆう》もいない。おれしか小夜《さよ》を守《まも》れない。

昔読《むかしよ》んだ動物図鑑《どうぶつずかん》の記憶《きおく》をひっぱりだす。

モグラ。

トガリネズミ形目《けいもく》、モグラ科《か》。肉食《にくしょく》。

真《ま》っ暗《くら》な地中《ちちゅう》に生息《せいそく》するため、視覚《しかく》は退化《たいか》している。

……つまり、目《め》はほとんど飾《かざ》りなのだ。大翔《ひろと》たちの姿《すがた》が、見《み》えているわけじゃない。見《み》つめられても、恐《おそ》れるな。

代《か》わりに、発達《はったつ》しているのは触覚《しょっかく》だ。遠《とお》くの小《ちい》さな虫《むし》や動物《どうぶつ》が動《うご》く、ほんのわずかな振《しん》動《どう》をも察知《さっち》し、一瞬《いっしゅん》で捕食《ほしょく》する……。

バッ

鼻先《はなさき》のひげが、また開《ひら》いた。

視界《しかい》のはしで、なにかが動《うご》いた。

鳥《とり》だった。ツノの生《は》えた鳥《とり》が、むこうの空《そら》を横切《よこぎ》っていく。

シュバババババッ!!

つぎの瞬間《しゅんかん》、鬼《おに》モグラのひげがのびた。ムチのように、数十《すうじゅう》メートルも。狙《ねら》いたがわず、飛《と》んでいた鳥《とり》に巻《ま》きつく。

シュルルルルッ

ひげが巻《ま》きもどる。ピイピィと鳴《な》く鳥《とり》——鬼《おに》スズメ——を、鬼《おに》モグラはポイッと口《くち》にほうりこんだ。ぼんやりした顔《かお》のまま、ガツガツと喰《く》っている。

カラッ……

乾《かわ》いた音《おと》がした。むこうで小《こ》石《いし》が地面《じめん》におちたのだ。

シュバババババッ！

シュルルルルッ！

がりッがりッがりッ!!

一瞬後《いっしゅんご》には、鬼《おに》モグラは小石《こいし》をかみくだいていた。なんて悪食《あくじき》だ。

傘《かさ》のように開《ひら》いた鼻先《はなさき》のひげが、超高性能《ちょうこうせいのう》なセンサーみたいに、あたり一帯《いったい》の空気《くうき》の振《しん》動《どう》を感知《かんち》しているのだ。

感知距離《かんちきょり》は、少《すく》なくとも50メートルはある。こいつのテリトリーのなかで少《すこ》しでも動《うご》いたやつは、鬼《おに》であろうと人間《にんげん》であろうとものであろうと、あっという間《ま》に喰《く》いつくされてしまう……。

開《ひら》いたひげが、ゆっくりと、大翔《ひろと》たちにむかってのびてきた。

2人《ふたり》の体《からだ》にぺたりとつくと、これはなんだろう？　とさぐるように動《うご》く。くすぐったい。

大翔《ひろと》は1ミリも体《からだ》を動《うご》かさなかった。まばたきすらやめた。

にぎりしめた小夜子《さよこ》の手《て》に、ほんのわずかに力《ちから》をこめた。――さけんじゃだめだ。動《うご》いちゃだめだ。じっとしているんだ。だいじょうぶ、だいじょうぶだ。

時間《じかん》の流《なが》れがひきのばされて、カメのようにのろく感《かん》じられる。のどがカラカラに干《ひ》あがっていく。

……やがて。

パタンッ

鬼《おに》モグラのひげが、また閉《と》じた。

ピイピィッ、と、また鳥《とり》が空《そら》を横切《よこぎ》っていった。すぐ近《ちか》くだったのに、こんどは鬼《おに》モグラは反応《はんのう》しなかった。

くるりと背《せ》をむけると、地面《じめん》にたくさん開《あ》いていた穴《あな》へ、するするとはいりこんでいった。

「…………」

鬼《おに》モグラがいなくなっても、大翔《ひろと》たちは動《うご》かなかった。手《て》をにぎりしめたまま、石《いし》のように固《かた》まっていた。

たっぷり5分《ふん》も待《ま》ってから、大翔《ひろと》はおそるおそる、指《ゆび》を動《うご》かした。そっと。それから、もう少《すこ》し大《おお》きく。

……だいじょうぶだ。

鬼《おに》モグラはもう、遠《とお》くへいったようだった。

「はぁぁー……」

大翔《ひろと》は大《おお》きく息《いき》を吐《は》きだした。緊張《きんちょう》をゆるめる。朝《あさ》から、ひどい目《め》にあった。

「……はやく章吾《しょうご》たちと合流《ごうりゅう》しようぜ」

小夜子《さよこ》にうなずきかける。

「脱出《だっしゅつ》しよう。……いつまでもこんな島《しま》にいたら、命《いのち》がいくつあってもたりないぜ」

＊　＊　＊

「――よし、あっちだな」

立《た》ちのぼっていく煙《けむり》を指《ゆび》さし、大翔《ひろと》は足《あし》をむけた。デイパックを背負《せお》いなおし、釣《つ》り竿《ざお》を肩《かた》にかける。

島《しま》の中央《ちゅうおう》。丘《おか》の一番高《いちばんたか》いところから、煙《けむり》が立《た》ちのぼっているのだ。大翔《ひろと》たちへの目印《めじるし》に、章吾《しょうご》たちがあげているのにまちがいなかった。みんな無事《ぶじ》みたいだ。

小夜子《さよこ》とつれだって、煙《けむり》のほうへのぼっていく。

「ごめん、ちょっとだけ、待《ま》っててくれるか？」

民家《みんか》の脇《わき》を抜《ぬ》けているとき、大翔《ひろと》はそういって小夜子《さよこ》の手《て》をはなした。小夜子《さよこ》の手《て》は、相変《あいか》わらず冷《つめ》たかった。

「どうしたの？　大翔《ひろと》くん」

「いや……ちょっと」

「……あ」

小夜子《さよこ》は気《き》づいたようで、顔《かお》を赤《あか》くした。

「もう。はやくしてよね」

大翔《ひろと》は走《はし》っていって、民家《みんか》の庭先《にわさき》にまわりこんだ。木々《きぎ》にむかって、用《よう》をたす。ふう、すっきり。

「手《て》、洗《あら》わないとだよなぁ……」

デイパックは小夜子《さよこ》にあずけてしまった。水道《すいどう》はないかな？　大翔《ひろと》はきょろきょろとあたりを見《み》まわした。

このあたりの民家《みんか》は、鬼《おに》カブトムシたちにこわされていなかった。古《ふる》い木造家屋《もくぞうかおく》が軒《のき》をつらねている。窓《まど》はすべて雨戸《あまど》が閉《し》められ、砂《すな》ボコリが積《つ》もっている。ずっと前《まえ》に、廃村《はいそん》になって放棄《ほうき》された家々《いえいえ》。

と、むこうのほうに、石《いし》がならんでいるのに気《き》づいた。

墓地《ぼち》だった。

水道《すいどう》はあるだろうか。でも水《みず》はもうきてないか。

大翔《ひろと》は墓地《ぼち》のなかを歩《ある》いて——その墓石《はかいし》を見《み》つけた。

「…………」

大翔《ひろと》は足《あし》を止《と》め、まじまじと墓石《はかいし》を見《み》つめた。

ああ、そうか、と思《おも》った。不思議《ふしぎ》と、おどろかなかった。

予感《よかん》みたいなものはあったのだ。だって小夜子《さよこ》の体《からだ》は冷《つめ》たかった。ひやりと、まるで氷《こおり》みたいに。

小夜子《さよこ》はケータイもインターネットも知《し》らなかった。いくら田舎暮《いなかぐ》らしといったって、ここは日本《にほん》だ。聞《き》いたことくらいはあるはずだ。

大翔《ひろと》が泥《どろ》だらけになっても、小夜子《さよこ》は汗《あせ》すらかいていなかった。食《た》べる必要《ひつよう》がないともいってた。

そして、小夜子《さよこ》は走《はし》りまわっていた。外《そと》にもでられなかったと、いっていたのに。


『本田小夜子《ほんださよこ》』


その墓石《はかいし》には、小夜子《さよこ》の名前《なまえ》が彫《ほ》られていた。

名前《なまえ》の下《した》に、亡《な》くなった年《とし》が彫《ほ》られてる。

50年《ねん》以上《いじょう》も昔《むかし》だった。大翔《ひろと》が生《う》まれてもいない時代《じだい》だ。

（お医者《いしゃ》さんの見立《みた》てでは……中学生《ちゅうがくせい》には、なれないだろうって）

「……ふふっ。バレちゃったみたいだね」

背中《せなか》で、小夜子《さよこ》の声《こえ》がした。大翔《ひろと》はふりかえった。

「ごめんね。だますつもりはなかったんだけど、みんなといたら、いいだせなくなっちゃったんだ」

ペロッと舌《した》をだした。いたずらを見《み》つかった子供《こども》みたいに。

「だって、友《とも》だちとこんな風《ふう》にすごすの……生《い》きてるころはできなかったんだもん」

——結局《けっきょく》、なれなかったんだよ、中学生《ちゅうがくせい》には。

——当時《とうじ》の医学《いがく》では、しかたなかったの。

小夜子《さよこ》はそういって、にっこりと大翔《ひろと》に笑《わら》いかけた。

「わたし、死《し》んじゃってるんだ。——幽霊《ゆうれい》なんだよ」

5 大《だい》脱《だっ》出《しゅつ》！

1

「この島《しま》はね。この世《よ》とあの世《よ》の、狭間《はざま》にうかんでいる島《しま》なの」

小夜子《さよこ》は説明《せつめい》した。

「天国《てんごく》でも地獄《じごく》でもないところ。魂《たましい》が生《う》まれ変《か》わる前《まえ》に迷《まよ》いこむ場所《ばしょ》。生者《せいじゃ》がくることはないはずなんだけど……わたしの呼《よ》びかけを大翔《ひろと》くんが受《う》けとめてくれたから、道《みち》が開《ひら》けたのかな？」

小夜子《さよこ》は首《くび》をひねっている。

大翔《ひろと》は、島《しま》に着《つ》いたとき、悠《ゆう》がしきりに「ヘンな感《かん》じがする」といっていたのを思《おも》いだした。

あれは、悠《ゆう》が直感《ちょっかん》で、ここが現世《げんせ》じゃないって感《かん》じとっていたからだったのだ。大翔《ひろと》たちはボートに乗《の》って、この世《よ》とあの世《よ》の狭間《はざま》に迷《まよ》いこんでしまった。

「結局《けっきょく》、わたしは中学生《ちゅうがくせい》になる前《まえ》に死《し》んじゃったんだ。なにも食《た》べられなくなって、体《からだ》が弱《よわ》っていって。それで気《き》づいたら、この島《しま》にいたんだ。きっとこの世《よ》に未練《みれん》があったから、成仏《じょうぶつ》できずに迷《まよ》いこんじゃったんだろうね」

そうこうするうち、鬼《おに》たちがわらわら集《あつ》まってきた。迷《まよ》い子《ご》の魂《たましい》を地獄《じごく》につれていくために。それで、小夜子《さよこ》はずっと、鬼《おに》ごっこをやっていた。

死《し》んだあとの時間《じかん》を、50年《ねん》以上《いじょう》も。

1人《ひとり》ぼっちで。

だからね、と小夜子《さよこ》は笑《わら》った。

「みんなを見《み》つけたとき、ほんっと、うれしかったんだよ」

＊

「よかった、無事《ぶじ》だったんだね！」

丘《おか》の上《うえ》で悠《ゆう》たちと合流《ごうりゅう》した。３人《にん》とも、ピンピンしていた。

聞《き》けば、悠《ゆう》たちは昨夜《さくや》、海岸《かいがん》で野宿《のじゅく》したらしい。大翔《ひろと》たちと同《おな》じように、釣《つ》り竿《ざお》を作《つく》って魚《さかな》を釣《つ》り、焼《や》いて食《た》べた。さらに植物《しょくぶつ》をとってきて、サラダにした。

「焼《や》き魚《ざかな》、おいしかったんだよ～」

悠《ゆう》がぺろりと舌《した》なめずりしていう。

「金谷《かなや》くんが海水《かいすい》から塩《しお》を濾《こ》してくれたから、塩焼《しおや》きにしたんだよ。釣《つ》れたて新鮮《しんせん》で、身《み》がひきしまって、すっごくおいしかったー」

「サラダもよかったのよね」

葵《あおい》がうんうんうなずく。

「みんなでフルーツをとったの。金谷《かなや》くんが海水《かいすい》を蒸留《じょうりゅう》して、真水《まみず》も作《つく》ってくれたし。不《ふ》自由《じゆう》はなかったわね」

「夜《よる》はみんなでハンモック作《つく》って眠《ねむ》ったんだよ！」

……なんかもう、キャンプ楽《たの》しんできたみたいなノリじゃねえか。心配《しんぱい》してソンした。

「そっちは、どうだったんだ？　大翔《ひろと》」

「お、おう。こっちだって、魚釣《さかなつ》って、焼《や》いて食《く》ったんだぜ」

「なに釣《つ》れたんだ？」

「ヤマメと……鬼《おに》ザカナ」

「もっといいのが釣《つ》れるスポットがあったんだがな。腹減《はらへ》ったからって、鬼《おに》とか食《く》うなよ。その釣《つ》り竿《ざお》も、作《つく》りがあめえぞ。いいか、大翔《ひろと》。釣《つ》りってのはな……」

釣《つ》り初心者《しょしんしゃ》だったくせに、一夜《いちや》でもう達人《たつじん》レベルになってしまったらしい。く、くそお……。

「ごはん作《つく》って、お風呂焚《ふろた》いて」

「空《あ》いた時間《じかん》で、イカダも作《つく》っちまったんだ」

「金谷《かなや》くんがパパパーッて、作《つく》っちゃったんだよ」

「海岸《かいがん》においてある。いつでも脱出《だっしゅつ》できるぜ」

もはや大翔《ひろと》はずっこけた。

大翔《ひろと》がやっとこ釣《つ》り竿《ざお》を作《つく》って、火《ひ》をつけているあいだに、どこまでやってんだこいつは……。

「さ、おまえがリーダーだ。号令《ごうれい》かけろ、大翔《ひろと》」

ぼうぜんとしている大翔《ひろと》に、肩《かた》をすくめて章吾《しょうご》がいう。

「カッコよくきめろよ」

「お、おう。よし！」

と大翔《ひろと》は拳《こぶし》をあげて、カッコよく、

「みんな！　脱出《だっしゅつ》するぜ！　――ってカッコよくなるかっ！　もう章吾《しょうご》がいえばいいだろぉっ！」

「へへっ。可哀想《かわいそう》だから、号令《ごうれい》くらいゆずってやるっていってんだよ。役《やく》・た・た・ず・リーダー！」

「うるせえっ。てめー鬼《おに》ザカナ食《く》わせんぞ！　鬼《おに》ザカナすっげぇんだぞぉおっ……！」

「この2人《ふたり》はほっといて、いきましょ。小夜《さよ》ちゃん、悠《ゆう》」

「ほんと、仲《なか》がいいんだね。みんな。……うらやましいな」

小夜子《さよこ》は楽《たの》しそうに笑《わら》っている。

章吾《しょうご》とどつきあいながら、大翔《ひろと》は、ちらっと小夜子《さよこ》をうかがった。

（大翔《ひろと》くん。わたしを島《しま》からつれだして）

小夜子《さよこ》は、そういって大翔《ひろと》の目《め》をじっと見《み》つめた。

（死《し》んでから、ずいぶん時間《じかん》が流《なが》れたもの。さすがにもう、この世《よ》に未練《みれん》もないんだ。そのあいだに、ママもパパも、死《し》んで天国《てんごく》にいっちゃった。きっとわたしがいなくて心配《しんぱい》してる。2人《ふたり》とも心配性《しんぱいしょう》だったもの）

ママとパパに会《あ》いたい。

だから大翔《ひろと》くん。わたしをここからつれだして。長《なが》かった鬼《おに》ごっこを、終《お》わりにさせて。

大翔《ひろと》はうなずいた。

まかせろ。おれがかならず、ここからだしてやる。ママとパパに会《あ》わせてやる。

もう二度《にど》と小夜子《さよこ》が、1人《ひとり》ぼっちで泣《な》かなくていいように。

＊　＊　＊

「イカダは浜辺《はまべ》にかくしてある。いこうぜ」

大翔《ひろと》たちは、海岸《かいがん》へむけて丘《おか》をおりていった。

鬼《おに》だらけの島《しま》で一夜《いちや》を明《あ》かして、みんな、どこか肝《きも》がすわった感《かん》じだった。大自然《だいしぜん》は子供《こども》をたくましくする。

海岸《かいがん》までもう数百《すうひゃく》メートルというところまでさしかかったとき……問題《もんだい》が起《お》こった。

「……げっ！　あれは……」

「さっきまでは、なかったのにぃ……」

遠目《とおめ》に見《み》えたのだ。

海岸《かいがん》までのあいだの地面《じめん》に……たくさんの穴《あな》が開《あ》いているのが。

半径《はんけい》50メートルにもおよぶ穴《あな》ぼこ地帯《ちたい》が、海岸《かいがん》の真《ま》ん前《まえ》に出現《しゅつげん》していた。鬼《おに》モグラのテリトリーだ。

「やばいぜ。穴《あな》、まだあたらしい……」

「迂回《うかい》しましょう。西《にし》の草地《くさち》を大《おお》きくまわりこめば、海岸《かいがん》にでられるはずよ」

葵《あおい》が西《にし》を指《ゆび》さした。


ズガガガガガガガガガガガガガッ！ジャキンッ！　ジャキンジャキンッ！


草地《くさち》のほうから、轟音《ごうおん》がひびいてきた。地《じ》ひびきがする。

鬼《おに》カブトと鬼《おに》クワガタが、相撲《すもう》をとっているのだ。人《ひと》のとおり道《みち》じゃない。

「じゃ、じゃあ東《ひがし》の林《はやし》をまわりこんでいこうよ……。あっちからでも、海岸《かいがん》にでられるはずだよ……」

悠《ゆう》がいった。

ギッチギッチギッチ！　ギッチギッチギッチギッチ！

ミンミンミーンミン！　ミンミンミーンミンミン！


……林《はやし》から、大量《たいりょう》の鬼昆虫《おにこんちゅう》たちの鳴《な》き声《ごえ》と羽音《はおと》がひびいてきた。

「どうすんだ？　リーダー」

「……正面《しょうめん》ルートだ。突《つ》っきるぞ」

大翔《ひろと》は、穴《あな》ぼこ地帯《ちたい》をにらんでいった。

「もう虫《むし》よけスプレーがない以上《いじょう》、東《ひがし》はまずい。西《にし》も、あいつらの相撲《すもう》に巻《ま》きこまれたらぺちゃんこだ。追《お》いかけられたら、イカダもぶっこわされちまう」

「で、でも、鬼《おに》モグラだってやばいんでしょ……？」

「やつの習性《しゅうせい》はもうわかってるんだ」

大翔《ひろと》は指《ゆび》さした。

100メートル以上《いじょう》むこう。遠目《とおめ》に、鬼《おに》モグラの姿《すがた》が見《み》えている。

穴《あな》の一《ひと》つから上半身《じょうはんしん》を突《つ》きだし、行儀《ぎょうぎ》よく両手《りょうて》を地面《じめん》にそろえて、特《とく》になにをするでもなく、ぼーっと突《つ》ったっている。

「……ひげの動《うご》きに、注意《ちゅうい》すればいいんだ」

鬼《おに》モグラの鼻先《はなさき》から、何本《なんぼん》も突《つ》きだしたひげ。

いま、ひげは密集《みっしゅう》して、閉《と》じている。

「ひげが閉《と》じてるときは、安全《あんぜん》なんだ。まわりをなにがとおろうが、あいつ気《き》づかねえ。目《め》は見《み》えてねえし、鼻《はな》がいいわけでもねえ」

チチチ、と鬼《おに》スズメが飛《と》んできて、鬼《おに》モグラの頭《あたま》に止《と》まった。羽《は》づくろいをはじめる。

鬼《おに》モグラは微動《びどう》だにしない。ひたすら、ぼーっとしている。

「あのひげ、ずっと同《おな》じままじゃないんだ。……開《ひら》いたり閉《と》じたりをくりかえしてる。まるで呼吸《こきゅう》するみたいにさ」

バッ

鬼《おに》モグラがひげを開《ひら》いた。傘《かさ》のように。

瞬間《しゅんかん》、

シュババババッ！　シュルルルッ！　がつっがつがつっ！

またたく間《ま》に頭上《ずじょう》の鬼《おに》スズメにひげをのばして巻《ま》きとり、口《くち》にほうりこんでかみくだいてしまった。

「なるほどね。ひげが閉《と》じてるときは安全《あんぜん》。開《ひら》いてるときはキケン。……つまり、ひげが閉《と》じているときに進《すす》んで、開《ひら》いているときは止《と》まっていれば、あいつに気《き》づかれることなくテリトリーのなかを突《つ》っきれるってことね？」

さすが葵《あおい》だ。のみこみがはやい。

章吾《しょうご》もうなずいた。

「問題《もんだい》は、ひげの開閉《かいへい》の間隔《かんかく》だな。閉《と》じてから開《ひら》くまで、何秒《なんびょう》くらいあるか。それによって、一度《いちど》に進《すす》める距離《きょり》が変《か》わってくる」

「計測《けいそく》しましょ」

葵《あおい》がケータイのストップウォッチを起動《きどう》した。

みんなで、じっと、鬼《おに》モグラのひげの動《うご》きを観察《かんさつ》する。

ひげが閉《と》じ……しばらくするとまた開《ひら》く。閉《と》じて……開《ひら》く。閉《と》じて……開《ひら》く。

だいたい、8秒《びょう》から10秒程度《びょうていど》のあいだ、閉《と》じている。

それから、バッと開《ひら》いて同《おな》じくらいのあいだ、そのまま。

また閉《と》じ、同《おな》じくらい経《た》つと、また開《ひら》く。そのくりかえし。

「ゆっくり、『だ・る・ま・さ・ん・が・こ・ろ・ん・だ』のタイミングで進《すす》めば、ちょうどいい感《かん》じだね」

悠《ゆう》が笑《わら》ってうなずきかける。

「昔《むかし》、よくやったよね。だるまさんがころんだ」

「悠《ゆう》が弱《よわ》いやつな」

「悠《ゆう》が弱《よわ》いやつね」

「ひぃぃぃぃ……」

「よし。じゃあこれを、だるまさんがころんだ作戦《さくせん》と名《な》づける。やつに気《き》づかれず、テリトリーを抜《ぬ》けるんだ。──スタート地点《ちてん》へ着《つ》くぞ」
大翔《ひろと》は先頭《せんとう》に立《た》つと、竹《たけ》の釣《つ》り竿《ざお》をめいっぱい、前方《ぜんぽう》へと掲《かか》げた。
ゆっくりと、穴《あな》ぼこ地帯《ちたい》に近寄《ちかよ》っていく。10メートル、20メートル………。

シュババババッ！

ひげが反応《はんのう》した。
一直線《いっちょくせん》にのびてくると、釣《つ》り竿《ざお》に巻《ま》きつく。大翔《ひろと》は手《て》をはなした。

シュルルルルッ！
バキッ！　ベキッバキッ！

釣《つ》り竿《ざお》をかみくだいている。せっかく作《つく》ったのに、ちょっと残念《ざんねん》だ。匠《たくみ》の一品《いっぴん》だったのに。

「……よし。ここがスタート地点《ちてん》だ」

いま、釣《つ》り竿《ざお》の先端《せんたん》があった場所《ばしょ》から先《さき》の空間《くうかん》が、鬼《おに》モグラのひげの感知《かんち》テリトリー。地面《じめん》に見《み》えない線《せん》をひく。この線《せん》から先《さき》にはいったら、死《し》ぬ気《き》のだるまさんがころんだのはじまりだ。

「ゴールは、テリトリーのむこう側《がわ》。やつの感知域《かんちいき》が円形《えんけい》かわからないけど……あの大木《たいぼく》のふもとまでいけば、まずだいじょうぶだと思《おも》う」

大翔《ひろと》は、ずっとむこうにある大木《たいぼく》を指《ゆび》さした。200メートル近《ちか》くむこうだ。

「鬼《おに》モグラのひげの様子《ようす》を観察《かんさつ》しながら進《すす》むんだ。安全重視《あんぜんじゅうし》。あまりギリギリまで走《はし》らず、よゆうを持《も》って止《と》まろう。止《と》まったら、ぜったいに体《からだ》を動《うご》かさない。ほんのちょっともだぞ」

みんながごくりとつばをのみこむ。

「みんなそろって、突破《とっぱ》するぞ。よし。それじゃ、だるまさんがころんだ作戦《さくせん》、開始《かいし》だ！

……いくぜ！　声《こえ》だしてくぞ！」

大翔《ひろと》たちは手《て》をかさねあわせ、号令《ごうれい》をかけた。

横一列《よこいちれつ》にならんで、スタート地点《ちてん》に着《つ》いた。視界《しかい》に、つねに仲間《なかま》をいれておくんだ。注意深《ちゅういぶか》く、鬼《おに》モグラのひげを観察《かんさつ》する。

――パタン

ひげが閉《と》じた。

「いくぞっ！　さんはい！」

「「「「だ・る・ま・さ・ん・が」」」」

全員《ぜんいん》、声《こえ》をそろえて穴《あな》ぼこ地帯《ちたい》にむかって進《すす》んでいく。

左右《さゆう》の仲間《なかま》に歩調《ほちょう》をあわせ、テリトリーのなかに踏《ふ》みこむ。ラインを越《こ》えた。

「「「「こ・ろ・ん・だ！」」」」

HIRO
PERFECT

全員《ぜんいん》、そこでピタリと止《と》まった。

歩《ある》いたままの姿勢《しせい》。気《き》をつけの姿勢《しせい》。それぞれ、自分《じぶん》が体《からだ》を止《と》めていやすい姿勢《しせい》になって、鬼《おに》モグラの様子《ようす》をうかがう。

鬼《おに》モグラのひげが――

バッ！

開《ひら》いた。

ゆらゆらと、波《なみ》のようにゆれている。

みんな、固《かた》まったまま動《うご》かなかった。まばたきしない。息《いき》も止《と》める。つばものみこまない。くしゃみなんてもってのほかだ。

鬼《おに》モグラは、ぼーっとしている。ひたすら、ぼーっとしている。……………………。

――――パタン

ひげが閉《と》じた。

みんな息《いき》を吐《は》いた。

「よし、いくぜっ！　もっかい！」

「「「だ・る・ま・さ・ん・が」」」

「「「こ・ろ・ん・だ！」」」

バッ！

ひげが開《ひら》いた。全員《ぜんいん》、動《うご》きを止《と》めている。

ミンミンミーンミンミンミン……！

どこかで鬼昆虫《おにこんちゅう》の鳴《な》き声《ごえ》がひびいた。林《はやし》から飛《と》んできたのだろうか。顔《かお》を動《うご》かせないので、確認《かくにん》もできない。

シュバババババッ！

シュルルルルッ！

がりッ！　がりがりッ！

鬼《おに》モグラは一瞬《いっしゅん》で鬼昆虫《おにこんちゅう》を捕食《ほしょく》した。乾《かわ》いた体《からだ》をせんべいみたいにかみくだいている。

視界《しかい》のはしで葵《あおい》が、目《め》の色《いろ》だけで、うげえ、って顔《かお》をした。葵《あおい》、たえろ。キモくてもぜったい、声《こえ》だすなよ。

章吾《しょうご》と小夜子《さよこ》は、じっと石《いし》になりきっている。悠《ゆう》は、ぎゅっとかたく目《め》をつぶっている。目《め》、閉《と》じたらだめだっていっておいたのに。

テリトリーの半分《はんぶん》はきた。

もう二度《ど》ほど乗《の》りきれれば、あの大木《たいぼく》まで辿《たど》り着《つ》けるはずだ。

――パタン

ひげが閉《と》じた。よし、いける。

「オーケー、みんな、いくぜ！」

大翔《ひろと》は声《こえ》をはりあげた。


「「「だ・る・ま・さ・ん・が」」」


ころんだ！

バッッ！

……タイミングがずれてひげが開《ひら》いた。

みんなとっさに止《と》まれたのは、奇跡《きせき》だった。

おかげで、ムリな体勢《たいせい》になった。踏《ふ》みだしかけた足《あし》を宙《ちゅう》に持《も》ちあげたままだったり、前《ぜん》傾《けい》しすぎていたり。これじゃ、長《なが》くは止《と》まってられない。

こらえろ、みんなっ！

大翔《ひろと》は、宙《ちゅう》に右足《みぎあし》を持《も》ちあげたまま、心《こころ》のなかでさけんだ。

つま先《さき》がブルブルとふるえそうになる。やばい。はやくしてくれ！　はやく！

――――――パタン

ようやく、ひげが閉《と》じた。

大翔《ひろと》は足《あし》をおろし、息《いき》を吐《は》いた。

「みんな、だいじょうぶだな!?」

みんなうなずく。

「よし、あとちょっとだ！　いくぞ！」

「「「だ・る・ま、」」」

さんがころんだ！　バッッッ！

ひげが開《ひら》いた。みんなあわてて止《と》まった。

くそ、タイミングが変《か》わってきている。これじゃろくに進《すす》めねえ。大翔《ひろと》は心《こころ》のなかで舌《した》打《う》ちする。

――パタン

ひげが閉《と》じる。

「いくぜ！」

「「「「だ、」」」」

るまさんがころんだバッッッッッッッッッッ！

いい加減《かげん》にしろよ！

ものの2秒《びょう》で開《ひら》いたひげに、大翔《ひろと》は文句《もんく》をいいたくなった。ぜんぜん進《すす》めねえじゃねえか。おい、だるまさん……じゃなくてもぐらさん。もっとゆっくりしろよ。

鬼《おに》モグラは、なんだか、不思議《ふしぎ》がっているようだった。ぼーっと突《つ》ったったたまま、首《くび》をかしげている。

きっと、気《き》づいてきてるのだ。テリトリーのなかに、なにかがいる、ということに。それで、さぐりをいれてきている。

ちくしょう。あともうちょっとだってのに。

これじゃ、そのうちみんな力《ちから》つきて、やつに感知《かんち》されちまう……。

「あっるぇー？　だれかと思《おも》ったら……ガキんちょどもじゃーん！」

と。

場《ば》ちがいにのんきな声《こえ》が、むかう先《さき》の草《くさ》むらのほうから聞《き》こえてきた。

……聞《き》きなれた声《こえ》だった。

がさがさと草《くさ》をかきわけ……そいつは姿《すがた》をあらわした。

「おまえら、こんなところで、なっにしてんのぉー？　相変《あいか》わらず、マヌケ面《づら》しちゃって。キャキャキャキャッ！」

ふわふわしたウサギみたいな体《からだ》。

背中《せなか》にちょこんと生《は》えた、コウモリみたいな翼《つばさ》。

みじかい足《あし》。頭《あたま》から生《は》えた２本《ほん》のツノ……。

ツノウサギだった。

「ひょっとして、バカンスってやつぅ？　オレ様《さま》と、同《おな》じじゃーん！」

ツノウサギは翼《つばさ》を開《ひら》き、チュウチュウとストローで飲《の》み物《もの》をのんでいる。手《て》に持《も》っているのは、クリームソーダのグラスだ。

なぜか、サングラスをかけ、花柄《はながら》のアロハシャツを着《き》こんでいる。

「この島《しま》さあ！　この世《よ》とあの世《よ》の狭間《はざま》でさあ！　避暑地《ひしょち》にいいって評判《ひょうばん》なんだよねぇ〜。南《みなみ》の島《しま》で、アロハオエ？　みたいな。……あれ、でもおまえらいるってことは……なに？　おまえら、ついに死《し》んじゃったってことぉー？　キャキャキャキャ！　笑《わら》える！　ウケる！」

ぺらぺらとしゃべりつづける。テンション高《たけ》え。バカンスでハイになってるみたい。

なんでこのタイミングであらわれるんだよ……。そして空気読《くうきよ》めよ……。

「なになに？　おまえら、なに固《かた》まってんのぉ？　ひょっとして……動《うご》けないのぉ？」

身動《みうご》きできない大翔《ひろと》たちに気《き》づき、ツノウサギはチロリと舌《した》をだした。

「キャキャキャ！　チャンスじゃーん！　それじゃあおまえらのことはオレ様《さま》が、おいしーく、喰《く》ってやろうかなあっ！　キャキャキャキャキャ！」

翼《つばさ》を開《ひら》き、パタパタと飛《と》んでくる。

——パタン

ひげが閉《と》じた。

大翔《ひろと》たちは目線《めせん》をあわせた。以心伝心《いしんでんしん》。伝《つた》わった。

全員《ぜんいん》、かけだした。もう止《と》まらない。一気《いっき》に、ゴールを目指《めざ》す。

「……あらぁ？　動《うご》けるんじゃーん！　でもいいぜ！　——さぁ、オレ様《さま》のお口《くち》に飛《と》びこんでおいで～！」

酔《よ》っぱらってんだろ、おまえ。ツノウサギはぱかりと大口《おおぐち》を開《あ》けた。

大翔《ひろと》は走《はし》りざま——むんず、と、ツノウサギのツノをつかんだ。ふりかぶった。

「……あらん？」

——————バッ
ひげが開《ひら》いた。

「だっりゃああああああああっっ！」

そのままツノウサギを鬼《おに》モグラのほうへ——全力投球《ぜんりょくとうきゅう》。

「あっるぇ————？」

くるくるまわりながら、ツノウサギの体《からだ》が宙《ちゅう》を舞《ま》う。


シュバババババッ!!


「……あれ？」

ツノウサギがぱちぱちとまばたきした。鬼《おに》モグラのひげが、ツノウサギに巻《ま》きついている。

「……気《き》のせいかもしれないんだけどさ」

ツノウサギは、クリームソーダをすった。

「……ひょっとしてオレ様《さま》、ピンチじゃね？」

「いまだ！　全員《ぜんいん》、ゴールまで走《はし》れッ！」

「あ、おまえらひどくね？　血《ち》も涙《なみだ》もなくね？　……オレ様《さま》、バカンス中《ちゅう》だから！　いまそーいうノリじゃないから！」

シュルルルルルルッ！

「ちょっとぉぉぉぉ――――!?」

わめく声《こえ》が背中《せなか》にひびく。まったくかまわず、大翔《ひろと》たちは走《はし》る。

大木《たいぼく》を越《こ》えた。テリトリーを抜《ぬ》けた。

海岸《かいがん》はすぐそこだ。そのまま走《はし》っていく。

「アイル・ビィ――・バ――ック！」

ツノウサギのさけび声《ごえ》が遠《とお》くなっていった。

2

海岸《かいがん》へでた。全員《ぜんいん》、息《いき》を弾《はず》ませている。

「くそ、なんも見《み》えねえっ！」

海上《かいじょう》には濃《こ》い霧《きり》が立《た》ちこめ、一面真《いちめんま》っ白《しろ》だ。対岸《たいがん》にあるはずの島《しま》が見《み》えない。

波《なみ》が高《たか》かった。ざぶざぶと勢《いきお》いよく浜辺《はまべ》に打《う》ち寄《よ》せている。

「イカダは無事《ぶじ》だぜ！」

岩陰《いわかげ》にかくしていたイカダを、章吾《しょうご》がひっぱりだした。竹《たけ》をならべ、ツル草《くさ》でむすんだやつだ。オールまで用意《ようい》してある。

「霧《きり》がでてるわ。いまいくのはキケンよ！」

「波《なみ》も荒《あら》いよ。収《おさ》まるまで、待《ま》ったほうがよくない？」


ズガガガガガガガガガッ！

ジャキンッ！　ジャキンッ！


むこうから轟音《ごうおん》がひびいてきた。鬼《おに》カブトと鬼《おに》クワガタだ。

こっちへ近《ちか》づいてくる。鬼昆虫《おにこんちゅう》たちの羽音《はおと》も聞《き》こえる。ぐずぐずしてるヒマはなさそうだった。

「でるぞっ！　みんな、乗《の》りこめっ！」

海面《かいめん》にイカダをうかべると、まず章吾《しょうご》が飛《と》び乗《の》った。イカダはしっかりと体重《たいじゅう》を受《う》けとめてういている。さすが章吾作《しょうごさく》だ。

葵《あおい》、悠《ゆう》も乗《の》りこんだ。大翔《ひろと》も乗《の》った。さすがにきつくなってきたか、竹《たけ》がミシリと音《おと》を立《た》てた。

「小夜《さよ》、乗《の》れ！」

大翔《ひろと》は手《て》をのばした。

小夜子《さよこ》は、じっと大翔《ひろと》を見《み》つめていた。ひざまで海《うみ》に浸《つ》かったまま、立《た》ちつくしている。

「はやくしろ！」

「……わたしがのこれば、みんなは追《お》われないかも……」

ぽつりといった。

「だって、追《お》われてたのはもともと、わたしだもん。……みんな、逃《に》げて」

「なにいってるの！　小夜《さよ》ちゃん！」

「そうだよ！　はやくう！」

「葵《あおい》ちゃん。悠《ゆう》くん。章吾《しょうご》くん。……わたし、もう死《し》んじゃってるんだ。幽霊《ゆうれい》なんだよ」

小夜子《さよこ》は、のどの奥《おく》から絞《しぼ》りだすようにいった。

「だましてて、ごめんね……」

「え。嘘《うそ》。……ほんと？」

「あ……そういうことかぁ。なんか、ヘンだと思《おも》ってたんだ」

葵《あおい》と悠《ゆう》が顔《かお》を見《み》あわせる。章吾《しょうご》はオールでイカダを押《お》さえている。

「……みんな、巻《ま》きこんじゃってごめん。ありがとう。きてくれて、ほんとにうれしかった。わたしが囮《おとり》になる！　みんなはいって！」

小夜子《さよこ》は、決意《けつい》したようにうなずいた。

「幽霊《ゆうれい》なら、なおさら乗《の》ってもだいじょうぶだね。体重《たいじゅう》、軽《かる》そうだもん！」

悠《ゆう》がイカダを指《ゆび》さし、元気《げんき》よくいった。

「女《おんな》の子《こ》に体重《たいじゅう》のことといわないの！」

葵《あおい》が悠《ゆう》をはたく。

「でも、幽霊《ゆうれい》だっていってるし……」

「幽霊《ゆうれい》でも、そのへん気《き》にするのが女《おんな》の子《こ》ってものなの！　ともかく、小夜《さよ》ちゃん！　乗《の》って！」

「で、でも、わたし、幽霊《ゆうれい》で、みんなとはちがって……」

「だからなに!?　それ体重《たいじゅう》より大事《だいじ》なこと!?」

葵《あおい》がさけぶ。

「こまかいことはあとにしろ！　なんでもいいから乗《の》れ！　出発《しゅっぱつ》するぞ！」

章吾《しょうご》がさけぶ。

「友《とも》だちに、生《い》きてるも死《し》んでるもカンケーないと思《おも》うよ！」

悠《ゆう》がうなずいた。

「小夜《さよ》っ！」

大翔《ひろと》は手《て》をさしだした。

小夜子《さよこ》は、顔《かお》をくしゃっと崩《くず》すと、目《め》もとをぬぐいながらうなずいた。大翔《ひろと》の手《て》をにぎった。冷《つめ》たい小夜子《さよこ》の手《て》を、大翔《ひろと》はにぎりしめた。

「よしっ！　全員《ぜんいん》、しっかりつかまってろ！　ふりおとされんなよっ！」

砂底《すなぞこ》からオールをはなすと、イカダは波《なみ》にゆられはじめた。

「うわあっ！」「きゃあっ！」

波《なみ》は高《たか》く、荒《あら》かった。突《つ》きあげられ、竹《たけ》がギシギシときしむ。ふりおとされないよう、みんなで手《て》をにぎりあった。

上下《じょうげ》に、左右《さゆう》に、大《おお》きくゆれながら、イカダは島《しま》をはなれていく。

鬼《おに》カブトたちが地面《じめん》をゆるがす音《おと》が、だんだん遠《とお》くなっていく。鬼昆虫《おにこんちゅう》たちの羽音《はおと》も聞《き》こえなくなる。もうだいじょうぶだ。

島《しま》の方角《ほうがく》は、わかっている。霧《きり》で見《み》えないが、進《すす》むんだ。

「……ヒ、ヒロト。あれ……」

悠《ゆう》が青《あお》い顔《かお》をして、海《うみ》のむこうを指《ゆび》さした。そんな顔《かお》するな、そんな声《こえ》だすなよ。大翔《ひろと》は悠《ゆう》の指《ゆび》さす先《さき》を見《み》た。

……ヒレ、だ。

海面《かいめん》から、大《おお》きなヒレが突《つ》きだして、こっちへむかってくる。

「ヒロト……。あれ、たぶん、あの生《い》き物《もの》だよ……」

悠《ゆう》が口《くち》もとをひきつらせている。

「ほら、海難《かいなん》パニックホラー映画《えいが》でおなじみの……。ホオジロとか……」

「悠《ゆう》、いうなよ……。聞《き》きたくねぇよ……」

バシャンっ、と、そいつが海面《かいめん》から顔《かお》をだす。

ドンピシャだった。

……鬼《おに》ザメだ。

肉食《にくしょく》だ。いうまでもないだろう。馬鹿《ばか》でかい口《くち》。生《は》えそろった乱《らん》ぐい歯《ば》。

大口《おおぐち》開《あ》けたまま、こちらへむかってくる。

「じょ、冗談《じょうだん》はスティーヴン・スピルバーグだけにしてようっ！」

悠《ゆう》が錯乱《さくらん》する。

「やべえぞ。武器《ぶき》もねえし、イカダの上《うえ》じゃなにもできねぇよ！」

章吾《しょうご》がさけぶ。

「くっそぉ……」
だめか。せっかく、ここまできたのに……。

ぎゅっ

小夜子《さよこ》が大翔《ひろと》の手《て》をにぎりしめた。
……そうだ。あきらめちゃだめだ。
小夜《さよ》を帰《かえ》してやるんだ。ママとパパのところへ。約束《やくそく》したんだ。
ふと、大翔《ひろと》は、霧《きり》のむこうにぼんやりと、なにかが見《み》えているのに気《き》づいた。
……舟《ふね》のようだった。
ボートのように小《ちい》さな舟《ふね》だ。
その上《うえ》に、背《せ》の高《たか》い人影《ひとかげ》が立《た》っているのだった。櫂《かい》を漕《こ》いでいる。
霧《きり》にかくれて、人影《ひとかげ》のはっきりした姿《すがた》は見《み》えなかった。
だれだ。こんなところで、なにを……。

――ハッとした。

看板《かんばん》に、何度《なんど》も書《か》いてあったじゃないか。


『天国《てんごく》へご用《よう》のかたは、渡《わた》し守《もり》の案内《あんない》にしたがってください。』


「あっちだ！　章吾《しょうご》っ！」

大翔《ひろと》はオールを漕《こ》いだ。その舟《ふね》のほうへ、懸命《けんめい》に。章吾《しょうご》も漕《こ》いだ。

鬼《おに》ザメがみるみる近《ちか》づいてくる。悠《ゆう》たちが悲鳴《ひめい》をあげる。

「……おわかれだね」

ポツリと、小夜子《さよこ》がいった。

ふりむいた大翔《ひろと》の……目《め》の前《まえ》。

小夜子《さよこ》は、にっこりと微笑《ほほえ》んでいた。

「みんな、ありがとう！　ちょっとしか遊《あそ》べなかったけど……すっごく楽《たの》しかった！　ひろくんに、よろしく伝《つた》えてね！　わたしの分《ぶん》まで長生《ながい》きして、こっちにきたらまた遊《あそ》ぼうねって！」

それから、じっと大翔《ひろと》を見《み》つめた。

「……大翔《ひろと》くん」

大翔《ひろと》の額《ひたい》に、そっと……唇《くちびる》を寄《よ》せた。

「……とってもカッコよかったよ」

――チュッ

「じゃあね！」

小夜子《さよこ》はブンブン手《て》をふると、バシャンと海《うみ》に飛《と》びこんだ。

霧《きり》のむこう……小舟《こぶね》のほうへとおよいでいく。

「小夜《さよ》ちゃんっ！」

「ジョーズがっ！　ジョーズがっ！」

サメが方向《ほうこう》を変《か》えた。みるみる小夜子《さよこ》のほうへむかって突進《とっしん》していく。大口《おおぐち》開《あ》けて飛《と》びかかる。

小舟《こぶね》に乗《の》っていた人影《ひとかげ》が……手《て》をかざした。

「小夜《さよ》！」

その瞬間《しゅんかん》。

光《ひかり》がほとばしった。

まぶしさに目《め》を開《あ》けていられないほどの光《ひかり》のうねりが、小舟《こぶね》からひろがってあたり一帯《いったい》をつつみこんだ。

大翔《ひろと》たちはぎゅっと目《め》を閉《と》じた。ふりおとされないように、必死《ひっし》にイカダにつかまって、手《て》をにぎりあう。

「小夜《さよ》ッ！」

大翔《ひろと》はまぶしさをこらえて、目《め》を見開《みひら》いた。

そして、見《み》た。

小舟《こぶね》に乗《の》りこんだ小夜子《さよこ》。櫂《かい》を持《も》った人影《ひとかげ》の横《よこ》にちょこんと座《すわ》りこんで、笑《わら》ってこちらに手《て》をふっている。

小舟《こぶね》は、海《うみ》の上《うえ》にいなかった。

……空《そら》を飛《と》んでいた。

うきあがっていくのだ。どんどん、どんどん、天高《てんたか》く。

雲《くも》を抜《ぬ》け、空《そら》よりも上《うえ》へ。

つれていくんだ、渡《わた》し守《もり》が。小夜子《さよこ》を、あの空《そら》のむこうへ。

天国《てんごく》へと。

爆発《ばくはつ》するように、また光《ひかり》がひろがった。大翔《ひろと》は目《め》を閉《と》じた。

＊

「…………」

ふたたび目《め》を開《ひら》いたとき。

空《そら》の色《いろ》は、青《あお》にもどっていた。

澄《す》みわたるような、深《ふか》い青空《あおぞら》。海《うみ》で釣《つ》りしてるときに見《み》あげていた、夏《なつ》の空《そら》。

しずかだった。イカダはたぷたぷと波《なみ》にゆれている。波《なみ》はさっきまでの荒《あ》れが嘘《うそ》のようにしずまっていた。霧《きり》は晴《は》れ、水平線《すいへいせん》のむこうまでどこまでも見《み》わたせる。

すぐ近《ちか》くに、島《しま》があった。

でがけに見《み》た桟橋《さんばし》。七里島本島《しちりじまほんとう》だった。

「小夜《さよ》ちゃんは？　どこにいったの……？」

「ジョーズは？　消《き》えちゃった？」

あたりを見《み》まわし、悠《ゆう》たちが首《くび》をひねっている。

「小夜《さよ》は、あっちへいったよ」

大翔《ひろと》は、空《そら》を指《ゆび》さした。

案内人《あんないにん》……あの渡《わた》し守《もり》に導《みちび》かれて、小夜《さよ》は旅《たび》だったのだ。長《なが》い長《なが》い、1人《ひとり》ぼっちの鬼《おに》ごっこを終《お》えて、ママとパパのところへ。天国《てんごく》へ。

「ヒロト……どうしたの？」

「……ん？　なにが？」

悠《ゆう》に呼《よ》ばれてふりむいて……それで大翔《ひろと》は、自分《じぶん》が泣《な》いているのに気《き》づいた。ほおを涙《なみだ》

が伝《つた》ってく。

「……あれ？　なんだろ」

なんで泣《な》いてる。

よかったじゃないか。小夜《さよ》、天国《てんごく》にいけたじゃないか。ママとパパに会《あ》えるじゃないか。

そう思《おも》ってるはずなのに、なぜだか、ぽろぽろ涙《なみだ》がでた。ぽろぽろ、ぽろぽろ。とても悲《かな》しかった。

額《ひたい》がほんのり、あたたかかった。大翔《ひろと》は額《ひたい》に手《て》をやった。

「……唇《くちびる》だけは、冷《つめ》たくなかったぞ。ちぇっ。幽霊《ゆうれい》のくせに」

「え？　なに？」

「……なんでもない。海水《かいすい》、目《め》にはいったみたいだ」

大翔《ひろと》は服《ふく》のそでで、ぐしぐしと乱暴《らんぼう》にまぶたをぬぐった。

それから、島《しま》を指《ゆび》さした。

「もどろうぜ。じいちゃんが待《ま》ってる」

初《はつ》恋《こい》

恥《は》ずかしながら、大翔《ひろと》はじいちゃんの名前《なまえ》を、その夜《よる》はじめて知《し》ったのだった。

だって、小《ちい》さいころから、「じいちゃん」って呼《よ》んでるし。母《かあ》さんだって、「おじいちゃん」って呼《よ》んでるし。じいちゃんの本名《ほんみょう》なんて、考《かんが》えたこともなかった。

いや……よくよく思《おも》いだしてみると、学校《がっこう》の授業《じゅぎょう》。自分《じぶん》の名前《なまえ》の由来《ゆらい》を調《しら》べてくるって宿題《しゅくだい》がでたとき、母《かあ》さんに訊《き》いたんだった。

おじいちゃんからもらったんだって、母《かあ》さんは話《はな》してくれた。じいちゃんみたいに、強《つよ》くてやさしい子《こ》になるように。名前《なまえ》のはじめの音《おと》を、二《ふた》つ。

『大《おお》場《ば》博《ひろし》』

それがじいちゃんの名前《なまえ》だった。

ひろし。ひろくん。そういうことだ。

小夜子《さよこ》の幼《おさな》なじみのひろくんは、50年《ねん》以上《いじょう》も昔《むかし》、まだ子供《こども》だったころの、大翔《ひろと》のじいちゃんのことだった。

*

「……わしの小学校《しょうがっこう》の卒業《そつぎょう》アルバム？　……なんでまた、そんなもの見《み》たがるんだ」

「おねがい！」

まゆをひそめていうじいちゃんに、大翔《ひろと》たちは全力《ぜんりょく》でおねがいした。

大翔《ひろと》たちが帰《かえ》り着《つ》いたとき、じいちゃんはまな板《いた》の上《うえ》でトントンと包丁《ほうちょう》をたたき、夕食《ゆうしょく》の準備《じゅんび》をしているところだった。大翔《ひろと》たちがじいちゃんの家《いえ》にもどったのは、家《いえ》をでた日《ひ》の夕方《ゆうがた》だったのだ。あの島《しま》で一夜《いちや》、明《あ》かしたはずなのに。あの島《しま》とこの世《よ》では、時間《じかん》の流《なが》れがちがったのだ。

「まったく……わしの昔《むかし》のアルバムなんて見《み》ても、つまらんだろうが」

じいちゃんはぶつぶついいながら、まんざらでもなさそうに、押《お》し入《い》れの奥《おく》から古《ふる》びたアルバムをだしてきてくれた。

それは、昭和《しょうわ》38年《ねん》。七里《しちり》小島《こじま》小学校《しょうがっこう》の卒業《そつぎょう》アルバムだった。

「じいちゃん、子供《こども》のころ、海《うみ》むこうの小島《こじま》に住《す》んでたってほんと？　近所《きんじょ》の人《ひと》が教《おし》えてくれたんだけど」

「昔《むかし》の話《はなし》だ。いまは、あそこは無人島《むじんとう》になっとる。ずいぶん昔《むかし》に、過疎《かそ》で廃村《はいそん》になったんだ。時代《じだい》の流《なが》れだな。……あぶないから、近《ちか》づくんじゃないぞ」

大翔《ひろと》たちは苦笑《にがわら》いするしかなかった。近《ちか》づくどころか、上陸《じょうりく》して、大冒険《だいぼうけん》してきちゃったところだよ、じいちゃん。

卒業《そつぎょう》アルバムのページをめくった。

卒業生《そつぎょうせい》の顔写真《かおじゃしん》がならんでいる。全部《ぜんぶ》、モノクロ写真《しゃしん》だった。

「これが、わしだ」

そういってじいちゃんが指《ゆび》さしたのは、ぼろっとした服《ふく》を着《き》た男《おとこ》の子《こ》だった。

……大翔《ひろと》そっくりだった。

「すごい。うり二《ふた》つだね」

「これはまあ、まちがえるわけよね……」

「まちがえる？」

「いや、こっちの話《はなし》で……」

大翔《ひろと》たちはページをめくった。ページの隅々《すみずみ》まで、目《め》を走《はし》らせてさがす。

卒業生《そつぎょうせい》のならんだページには、いなかった。卒業《そつぎょう》はできなかったから。運動会《うんどうかい》の写真《しゃしん》にもいない。

ページをめくっていくと……あった。

学校《がっこう》の校庭《こうてい》だろうか。

鉄棒《てつぼう》の前《まえ》で、じいちゃんが写《うつ》ってる。笑《わら》って、得意《とくい》げに手《て》を突《つ》きだしてる。

そのうしろのほう。

物陰《ものかげ》に、そっとかくれて。三《み》つ編《あ》みおさげの女《おんな》の子《こ》。

……小夜子《さよこ》だった。じいちゃんを見《み》つめてる。

ふと、大翔《ひろと》はじいちゃんの顔《かお》を見《み》あげた。

「…………」

じいちゃんは、じっと、その写真《しゃしん》に目《め》をおとしていた。ずっと昔《むかし》の、友《とも》だちとの写真《しゃしん》。

その目《め》が、うるんだ。

ほら、覚《おぼ》えてたじゃないか。

大翔《ひろと》は、そう思《おも》った。

自分《じぶん》のことなんて覚《おぼ》えてないだろうけど……って、小夜《さよ》、いってたけどさ。

じいちゃん、覚《おぼ》えてたぞ。おまえが死《し》んじゃっても。50年《ねん》以上《いじょう》経《た》っても。おまえのこと、覚《おぼ》えてたぞ。

「小学生《しょうがくせい》のころか。なつかしいなあ……」

じいちゃんはつぶやいた。ぎゅっと目《め》をつぶり、何度《なんど》もそうくりかえした。ほんとに、ほんとに、なつかしいなぁ……。

まぶたをぬぐって、いった。

「……おにぎりでも、作《つく》るか」

＊

夕食《ゆうしょく》は豪華《ごうか》だった。おなかいっぱい食《た》べた。じいちゃんが腕《うで》によりをかけて作《つく》ってくれた、新鮮《しんせん》な刺身《さしみ》にステーキ、そしておにぎり。鬼《おに》ザカナより、１００倍《ばい》おいしかった。

夕食《ゆうしょく》を終《お》えると、みんなで庭《にわ》にでた。水《みず》をはったバケツを用意《ようい》し、ライターも忘《わす》れずに。

「ねえ。じいちゃん」

花火《はなび》に火《ひ》をつけながら、大翔《ひろと》は訊《き》いた。

「なんだ？」

「初恋《はつこい》って、いつだった？」

――げほっげほっ！

じいちゃんはむせた。

「……いきなりなにをいう、ませガキめ。まったく、最近《さいきん》の子供《こども》は……」

ムスッとした顔《かお》で口《くち》をひきむすんだ。

それから、ポツリといった。

「……ちょうど、おまえくらいの年《とし》だった」

「そうなんだ」

「となりの家《いえ》に住《す》んでた、女《おんな》の子《こ》だった。……叶《かな》わなかったがな。初恋《はつこい》ってのは、叶《かな》わないもんだ」

「ふうん……」

じいちゃんも花火《はなび》に火《ひ》をつける。パチパチと線香花火《せんこうはなび》が火花《ひばな》をあげる。しばらく2人《ふたり》とも、無言《むごん》だった。

「あのさ、じいちゃん」

「なんだ」

「その子《こ》、じいちゃんに感謝《かんしゃ》してると思《おも》うぜ」

「は？」

「長生《ながい》きして、また遊《あそ》ぼうって……じいちゃんに、そういってると思《おも》うぜ。カンだけど」

「……まったく、ませガキめ。いっちょ前《まえ》に、いうようになってきやがったなぁ……」

コツン、と大翔《ひろと》の額《ひたい》をデコピンする。

冷蔵庫《れいぞうこ》からお酒《さけ》をだしてくると、じいちゃんはごくごくのみはじめた。すっかり赤《あか》ら顔《がお》になって、くどくど大翔《ひろと》に説教《せっきょう》する。

葵《あおい》がねずみ花火《はなび》に火《ひ》をつけてけしかけ、悠《ゆう》がわあわあ逃《に》げまわっている。大翔《ひろと》と章吾《しょうご》は花火《はなび》をふりまわして戦《たたか》っている。

空《そら》は快晴《かいせい》だ。宝石《ほうせき》みたいに星《ほし》がまたたいている。

大翔《ひろと》は星空《ほしぞら》を見《み》あげて思《おも》う。


やっとママとパパに会《あ》えて、小夜《さよ》はあまえているだろうか?

きっと、そうだ。


花火《はなび》で遊《あそ》ぶ子供《こども》たちの頭上《ずじょう》を、流《なが》れ星《ぼし》が一筋《ひとすじ》、とおりぬけていった。

第《だい》7弾《だん》へつづく……

集英社みらい文庫

絶望鬼《ぜつぼうおに》ごっこ

だれもいない地獄島《じごくじま》

針《はり》とら 作

みもり 絵

ファンレターのあて先
〒101-8050 東京都千代田区一ツ橋2-5-10 集英社みらい文庫編集部
いただいたお便りは編集部から先生におわたしいたします。

2016年11月29日 第1刷発行
2020年11月17日 第9刷発行

発行者 北畠輝幸
発行所 株式会社 集英社
〒101-8050 東京都千代田区一ツ橋2-5-10
電話 編集部 03-3230-6246
読者係 03-3230-6080
販売部 03-3230-6393(書店専用)
http://miraibunko.jp
装丁 +++ 野田由美子 中島由佳理
印刷 凸版印刷株式会社
製本 凸版印刷株式会社

★この作品はフィクションです。実在の人物・団体・事件などにはいっさい関係ありません。

ISBN978-4-08-321345-8 C8293 N.D.C.913 190P 18cm

「みらい文庫《ぶんこ》」読者《どくしゃ》のみなさんへ

言葉《ことば》を学《まな》ぶ、感性《かんせい》を磨《みが》く、創造力《そうぞうりょく》を育《はぐく》む……、読書《どくしょ》は「人間力《にんげんりょく》」を高《たか》めるために欠《か》かせません。たった一枚《いちまい》のページをめくる向《む》こう側《がわ》に、未知《みち》の世界《せかい》、ドキドキのみらいが無限《むげん》に広《ひろ》がっている。これこそが「本《ほん》」だけが持《も》っているパワーです。

学校《がっこう》の朝《あさ》の読書《どくしょ》に、休《やす》み時間《じかん》に、放課後《ほうかご》に……。いつでも、どこでも、すぐに続《つづ》きを読《よ》みたくなるような、魅力《みりょく》に溢《あふ》れる本《ほん》をたくさん揃《そろ》えていきたい。読書《どくしょ》がくれる、心《こころ》がきらきらしたり胸《むね》がきゅんとする瞬間《しゅんかん》を体験《たいけん》してほしい、楽《たの》しんでほしい。みらいの日本《にほん》、そして世界《せかい》を担《にな》うみなさんが、やがて大人《おとな》になった時《とき》、「読書《どくしょ》の魅力《みりょく》を初《はじ》めて知《し》った本《ほん》」「自分《じぶん》のおこづかいで初《はじ》めて買《か》った一冊《いっさつ》」と思《おも》い出《だ》してくれるような作品《さくひん》を一所懸命《いっしょけんめい》、大切《たいせつ》に創《つく》っていきたい。

そんないっぱいの想《おも》いを込《こ》めながら、作家《さっか》の先生方《せんせいがた》と一緒《いっしょ》に、私《わたし》たちは素敵《すてき》な本作《ほんづく》りを続《つづ》けていきます。「みらい文庫《ぶんこ》」は、無限《むげん》の宇宙《うちゅう》に浮《う》かぶ星《ほし》のように、夢《ゆめ》をたたえ輝《かがや》きながら、次々《つぎつぎ》と新《あたら》しく生《う》まれ続《つづ》けます。

本《ほん》を持《も》つ、その手《て》の中《なか》に、ドキドキするみらい――。

本《ほん》の宇宙《うちゅう》から、自分《じぶん》だけの健《すこ》やかな空想力《くうそうりょく》を育《そだ》て、〝みらいの星《ほし》〟をたくさん見《み》つけてください。

そして、大切《たいせつ》なこと、大切《たいせつ》な人《ひと》をきちんと守《まも》る、強《つよ》くて、やさしい大人《おとな》になってくれることを心《こころ》から願《ねが》っています。

2011年《ねん》　春《はる》

集英社《しゅうえいしゃ》みらい文庫編集部《ぶんこへんしゅうぶ》